Chętna wdowa po Matthew

KSIĘGARNIANE PIĘKNOŚCI
KSIĄŻKA PIĘĆ

CATHERINE BILSON

EBONY OATEN

SHENANIGANS
· PRESS ·

Ostrzeżenie dotyczące treści

• Wojna i niepokoje społeczne
• Nieco przemocy, w tym strzelanina.
Zalecamy również, aby nie przyjmować żadnych ziołowych
środków wymienionych w tych książkach. Choć niektóre mogą
działać, nie zawsze są niezawodne, a co więcej dawki i skuteczność
mogą się różnić w zależności od osoby. Prosimy, aby nie traktować
niczego zawartego w tych książkach jako porady medycznej.

ROZDZIAŁ 1

List

Baxter's Fine Books, Hatfield, Anglia,
Połowa maja 1814 roku

Matthew Baxter uważał się w gruncie rzeczy za człowieka szczęśliwego. W wieku czterdziestu ośmiu lat był krzepki, zdrów jak ryba, miał wszystkie własne zęby i był ojcem czterech najbystrzejszych i najładniejszych panien w Hertfordshire. A może i w całej Anglii.

Matthew gwiżdżeł wesoło, krocząc raźno podczas codziennego porannego spaceru, skinieniem głowy pozdrawiając po drodze licznych znajomych, lecz nie zatrzymując się na pogawędki. Najbardziej lubił przechadzkę zaraz po śniadaniu, ale musiał wrócić na dziewiątą, by otworzyć ukochaną księgarnię, Baxter's Fine Books, i służyć mieszkańcom Hatfield oraz podróżnym przejeżdżającym przez miasteczko.

Dzwonek nad drzwiami zabrzęczał radośnie, gdy wszedł. Szybko zamknął drzwi i pochylił się, by pochwycić kotkę księgarni, Crafty, która postanowiła zdecydowanie skorzystać z okazji do ucieczki.

— Taki to już czas, co, dziewczyno? A gdzie tam. Louise, zaniesiesz ją na górę i dopilnujesz, żeby drzwi na klatkę były zamknięte?

Jego trzecia, a zarazem najwyższa córka odłożyła miotłę, którą zamiatała podłogę, i podeszła, by odebrać kotkę z jego rąk. — Oczywiście, Ojcze. Panno Wollstonecraft, jesteś niegrzeczną dziewczynką. — Louise odmaszerowała, a Matthew odprowadził ją wzrokiem z czułym uśmiechem. Crafty była wyjątkowym oryginałem i dzielną łowczynią; niemal każdego ranka musiał zeskrobywać z podłogi za ladą szczątki jakiejś nieszczęsnej ofiary z rodu gryzoni, bo właśnie tam lubiła zostawiać swoje dary.

— Wietrznie, Ojcze? — zapytała zza lady najstarsza córka, Estelle.

— Trochę, a czemu pytasz?

— Zapomniałeś kapelusza — odparła Estelle z rozbawionym uśmiechem — a twoje włosy są, hm, powiedzmy tak: gdyby w modzie był styl „potargany przez wiatr", mógłbyś pozować do ryciny.

Roześmiał się bez urazy i przeczesał włosy palcami. Prawdę mówiąc, mało dbał o wygląd poza podstawami przyzwoitości. Zmarła żona, Michelle, bez ustanku upominała go o kleksach z atramentu na mankiecie czy źle zawiązanym krawacie; na wspomnienie o matce dziewcząt, zabranej zbyt wcześnie przez gorączkę kilka lat wcześniej, uśmiech nabrał odcienia tęsknoty.

Po schodach zeszła druga córka, Marie, z księgą rachunkową w rękach, a Estelle ustąpiła jej miejsca za ladą, podnosząc porzuconą przez Louise miotłę.

— Ojcze, ile policzyłeś Lordowi Vere-Saundersowi za paczkę książek, którą wysłałeś wczoraj, i kiedy powinniśmy spodziewać się zapłaty? — zapytała Marie, podciągając okulary na nosie.

— Osiem funtów, dziewięć szylingów i osiem pensów, a co do zapłaty — jest bardzo sumienny, odsyła należność odwrotną pocztą, więc śmiem twierdzić, że najpóźniej w piątek — odparł Matthew bez wahania, podchodząc, by pomóc. Marie świetnie radziła sobie z rachunkami i prowadziła też większość korespondencji księgarni. Dzięki jej umiejętnościom Matthew i Estelle mogli zajmować się klientami.

Matthew pochylił się nad ramieniem Marie, z uznaniem zerkając na równe kolumny cyfr maszerujące w dół strony. Nie pojmował, co pocznie bez swoich dziewcząt, gdy zaczną wychodzić za mąż i opuszczać dom, a przecież to nie mogło już długo potrwać; Estelle miała dwadzieścia pięć lat. Jak to możliwe, że żaden młodzian jeszcze jej nie sprzątnął sprzed nosa?

Estelle odwróciła tabliczkę na drzwiach na „Otwarte" i po chwili dzwonek zadźwięczał. To nie był klient, tylko najmłodsza córka, Bernadette, która weszła z koszykiem na przedramieniu. Nie było jej przy śniadaniu — wyszła wcześnie, bez wątpienia z misją niesienia pomocy którejś z kobiet w Hatfield potrzebujących jej ziołowych mikstur, tak bardzo poszukiwanych.

— Dzień dobry, Ojcze. — Bernadette, ledwie osiemnastoletnia i słodka jak letnia bryza, podeszła, by pocałować go w policzek. — Naczelnik poczty zawołał mnie, kiedy wracałam; popatrz! — Wyciągnęła mocno poturbowany list. — Jest zaadresowany do Matki!

— Wielkie nieba. — Matthew przyjął list, wpatrując się w adres zapisany na froncie pajęczym pismem. *Mme. Michelle Baxter.* Po raz kolejny przeszył go ból straty. Prawie pięć lat, a on miał wrażenie, że nigdy nie przestanie za nią tęsknić.

— Z Francji! — Bernadette wskazała stempel pocztowy. — Myślisz, że od kogoś z jej krewnych? *Naszych* krewnych?

— Od dawna nie mieliśmy żadnych wieści od rodziny waszej matki — ostrożnie odparł Matthew, choć poczuł nagły przypływ zainteresowania. Poznał Michelle dawno temu w jej rodzinnym domu w Dolinie Loary; jej ojciec był zapalonym bibliofilem, a Matthew, kiedy jego własny ojciec wciąż żył i prowadził księgarnię, wiele podróżował po Europie, kupując książki. Rewolucja i następujące po niej zawieruchy na kontynencie położyły temu kres, rzecz jasna, lecz wówczas Michelle była już bezpieczna w Anglii u jego boku. Nigdy, za obopólną zgodą, nie rozmawiali o tym, dlaczego od ponad dwudziestu lat nie było żadnych wieści od jej rodziny.

Marie bez słowa podała mu nożyk do listów, a Matthew ostrożnie rozciął kopertę, zauważając, że pieczęć była już złamana i pospiesznie zalakowana na nowo. Urzędnicy sprawdzający, czy w korespondencji nie kryją się cenne tajemnice, bez wątpienia. Uśmiechnął się pół żartem, lecz mniej wesoło, gdy zobaczył, że list datowany był ponad miesiąc wcześniej. Najwyraźniej długo płynął przez kanał La Manche.

Bernadette i Marie obie wyciągały szyje, by też czytać, więc położył list płasko na ladzie, żeby wszyscy go widzieli. Wszyscy biegle czytali i mówili po francusku; Michelle dopilnowała, by były biegłe w jej ojczystym języku.

— Céline Fenouillart? — Marie zsunęła wzrok na podpis na dole. — Kto to, Ojcze?

— Kuzynka waszej matki. — Matthew z namysłem odcyfrowywał pajęcze litery, wygładzając papier, gdy zagniecenia groziły uczynieniem niektórych słów nieczytelnymi. — Wielkie nieba — powtórzył. — Nie widziałem Céline, odkąd była dziewczynką. Miała... och, może dwanaście lat, kiedy poznałem waszą matkę? To by znaczyło, że teraz ma około... czterdziestu... Ciekawe, czemu się nigdy nie wyszła za mąż... ach, wyszła, ale owdowiała i wróciła do panieńskiego nazwiska. — Powodów mogło być wiele, ale najbardziej prawdopodobne, że jej mąż popadł w niełaskę u któregoś z francuskich reżimów.

— Wasza matka bardzo lubiła Céline — mruknął, czytając dalej. — Będę musiał odpisać i przekazać jej wieść, że Michelle odeszła.

Bernadette ścisnęła mu ramię ze współczuciem. — Ale to dobrze, że Céline żyje, prawda?

— Dobrze; cieszę się, że od niej słyszę. — Z niemal każdego słowa listu sączyła się ulga; Céline ważyła słowa, ale było oczywiste, że bardzo się cieszy z zesłania Napoleona na Elbę i wierzy, że Francja wraca do jakiej takiej stabilności. Gdy Matthew dotarł do dolnej połowy listu, jego brwi wystrzeliły w górę.

— No, to już doprawdy okropność!

Marie czytała razem z nim i wyglądało na to, że doszła do tego samego miejsca; głośno westchnęła.

— Co takiego? — zapytała niecierpliwie Estelle, stojąc po drugiej stronie lady.

Matthew przeczytał na głos, tłumacząc w locie: — „Ciebie i drogiego Matthew oburzyłyby rzeczy, które dzieją się tu z książkami; nawet najwspanialsze i najstarsze domy zostały ograbione, a księgi warte małe fortuny wrzucane są na ogień jako opał!"

Gdy czytał te słowa, brzuch wypełnił mu gniew i rozpacz. Niemal natychmiast w głowie zaczął mu się rodzić plan wyprawy do Francji i uratowania tylu książek, ile się da.

Louise chwyciła się za podstawę gardła w przerażeniu. — Co można zrobić?

Matthew pokręcił głową i mruknął: — Książki trzeba ratować.

Estelle pokręciła głową. — Ale przez kogo, Ojcze?

Zauważył, że wszystkie cztery córki patrzą na niego z surowymi minami.

— Mógłbym pojechać...

Louise dodała mu otuchy: — Mógłbyś i powinieneś.

— Ale to by znaczyło, że zostawię was same, podczas gdy mnie nie będzie.

Bernadette parsknęła i skrzyżowała ręce na piersi. — Już tak bywało, a wtedy zostawiłeś tylko trzy z nas u steru, kiedy w zeszłym roku jeździłeś na zakupowe wyprawy z Estelle. Przynajmniej teraz będzie nas cztery.

Estelle dorzuciła: — Chyba że chcesz, żebym pojechała z tobą? Byłabym zachwycona!

Pogłaskał ją po ramieniu ojcowskim gestem i rzekł: — Nie, kochanie. Jeśli palą książki, by się ogrzać, nie sposób przewidzieć, jak bardzo się tam wszystko zdziczyło. Zdecydowanie bezpieczniej, jeśli zostaniesz tutaj.

Już widział siebie, jak pakuje rzadkie i cenne księgi do kufrów i odsyła je statkami przez kanał. Bernadette, Louise, Marie i Estelle od razu rozwinęły te wizje, mówiąc o wielu zadaniach, które codziennie wykonują w księgarni, i proponując, jak najlepiej znajdować nabywców na rzadkie tomy, które mógłby im przysyłać. Miały mnóstwo bystrych pomysłów.

Marie rzekła w końcu: — Wiesz w głębi serca, że nie mógłbyś sobie darować, gdybyś nie pojechał.

To przeważyło. Skinął głową czterem zaradnym, inteligentnym córkom, które go wspierały. — Wasza matka byłaby z was taka dumna — dodał. W piersi ścisnęła go duma, zmieszana ze smutkiem.

<hr />

Zanim wyjedzie, trzeba było mnóstwo zaplanować, a przede wszystkim wziąć pożyczkę, by mieć dość środków na koszty podróży, wykupienie każdej rzadkiej książki, jaka wpadnie mu w ręce, i odesłanie ich do domu. Księgarnia radziła sobie dobrze. Bieżący handel z nawiązką pokryłby raty, które przypadną do spłaty podczas jego nieobecności. Dzięki sąsiedztwu z zajazdem pocztowym nie brakowało codziennie nowych klientów.

Był jeszcze jeden krewny, z którym musiał pomówić: kuzyn Joshua. Choć ich stosunki nie należały do najcieplejszych, Matthew był pewien, że Joshua będzie miał oko na sklep i dziewczęta podczas jego wyjazdu. W końcu rodzina to rodzina, a pewnego dnia Joshua odziedziczy Baxter's Fine Books. Matthew był przekonany, że dziewczęta z radością pomogą mu nią kierować, gdy ten dzień — oby nieprędko, zważywszy na jego dobre zdrowie — w końcu nastąpi. Obecnie Joshua był sędzią pokoju w miasteczku, funkcję tę wypełniał należycie i bez trudu, bo w tych stronach przestępczość była niska.

Udał się do Red Lion, czyli zajezdnego domu pocztowego i miejscowego punktu nadawania poczty, by wysłać list do swojego banku w Londynie. Tam właśnie zastał Joshuę kończącego obiad w sali wspólnej.

— Ach, Joshua, właśnie ciebie chciałem zobaczyć! Mogę się dosiąść?

— Kuzynie — Joshua niechętnie przesunął się na ławie, robiąc odrobinę miejsca. — Jak się miewasz tego pięknego dnia?

— Zdrów jak ryba i planuję wyprawę do Francji.

— Doprawdy? — brwi Joshuy powędrowały w górę. — A cóż cię ciągnie do Francji?

— Książki, rzecz jasna — uśmiechnął się szeroko, rozkoszując się myślą o nadchodzących dniach i tytułach, jakie może odkryć. — Właściwie wyjeżdżam bardzo prędko. Chciałem tylko dać ci znać, żebyś miał oko na dziewczęta i w ogóle.

— Na jak długo wyjeżdżasz? — zapytał Joshua.

Matthew wzruszył ramionami i rzekł: — A jak długi jest kawałek sznurka?

— No to trzeba to oblać — stwierdził Joshua i skinął na kelnera, by przyniósł im dwa kufle ale. — Będę do nich zaglądał od czasu do czasu, nie martw się o to.

— Dobry z ciebie człowiek, Joshua — Matthew poczuł się od razu lżej. Szczerze mówiąc, obawiał się, że kuzyn poczuje się dotknięty dokładaniem mu kolejnego obowiązku, ale ten życzył mu powodzenia. Cóż, w interesie Joshuy leżało dopilnowanie, by budynek był w dobrym stanie.

Joshua zaproponował jeszcze jednego drinka, gdy opróżnili pierwszego, ale Matthew nie mógł już tracić czasu. Musiał jak najszybciej dotrzeć do Francji i zacząć ratować książki.

ROZDZIAŁ 2

Do Francji!

Koniec maja, 1814 roku

Wizyta w banku była nadzwyczaj udana. Matthew podpisał umowę na pożyczkę bankową, od której zwykłemu człowiekowi zakręciłyby się łzy w oczach. W odróżnieniu od zwykłego człowieka, on wiedział, co robi. Dyrektor również wiedział, co robi, i nie zaproponowałby tak ogromnej pożyczki, gdyby nie sądził, że Matthew spłaci ją bez trudu.

Zaraz po przybyciu do Francji zacznie kupować książki i wysyłać je do domu. Potem, gdy książki dotrą do Hatfield, jego bystre córki sprzedadzą je z porządną marżą, mając tym samym aż nadto w rezerwie, by regulować raty pożyczki, gdy przyjdzie termin. Przez lata Matthew zbudował długą listę zapalonych bibliofilów-kolekcjonerów, którzy porywali wszystko, co rzadkie, co tylko udało mu się zdobyć.

Gdy wychodził z banku, usłyszał, jak ktoś woła jego imię; jeden z owych kolekcjonerów, mężczyzna, którego widywał rzadko, ale którego towarzystwo sprawiało mu niekłamaną przyjemność.

— Admirale Jessop! — zawołał Matthew w odpowiedzi.

Chwilę później uściskali się z braterską serdecznością. — Za długo to trwało!

— I owszem — odparł Jessop. — Co cię sprowadza do Londynu? Chodź na herbatę; ta herbaciarnia wcale nie jest zła.

Spędzili radosną godzinę na wspominkach i opowiadaniu sobie o latach, które minęły, odkąd ostatnio się widzieli.

— Człowiek z misją! — powiedział Jessop, gdy Matthew wyjaśnił swoje zamiary. — I to jaką szlachetną. Chciałbym płynąć z tobą, ale ta stara noga, sam rozumiesz. Wiesz co, mogę ci załatwić miejsce na statku do Hawru w ciągu najbliższych dni. Przyjdź dziś wieczorem do mojego klubu, zobaczę, co da się zrobić.

— Wielce zobowiązany, mój drogi przyjacielu, wielce zobowiązany — rzekł Matthew. — To wciąż Briar's Club?

— Och tak, nie ośmieliliby się zmienić nazwy.

Rozstali się w jak najlepszych stosunkach, a Matthew poczuł się lżejszy, mając o jeden problem mniej do rozwiązania przed wyjazdem z Anglii.

Najpilniejszą kwestią nie był już brak gotówki, bo tej miał pod dostatkiem, lecz sposób przekształcenia jej w coś akceptowalnego dla Francuzów. Po drugiej stronie kanału nikt nie przyjmie angielskich monet. Zdobycie francuskiej waluty w Londynie nie było najprostsze, ale odwiedził kilku maklerów i kupił, ile się dało. Sporą część pożyczki zamienił na uniwersalny język handlu — złoto, srebro i klejnoty, nabywając złote i srebrne pierścienie, łańcuchy oraz sztabki u handlarzy kruszcami, a także wyselekcjonowane drobne, cenne precjoza u lombardników.

Ponieważ złoto waży więcej niż banknoty, Matthew potrzebował sposobu, by bezpiecznie nosić skarb przy sobie. Sakiewki i portmonetki byłyby łatwym łupem dla złodziei o lekkich palcach, których w Londynie nie brakowało. Złodzieje mieli świetny słuch; brzękające kieszenie tylko by ich do niego zwabiły. Mógłby zostać ogołocony ze wszystkiego, zanim jeszcze wypłynąłby w morze, a do tego dopuścić nie mógł.

Potrzebny był krawiec o szczególnych umiejętnościach, więc skierował kroki do takiego, o którym wiedział, że jest i szybki, i utalentowany. Ów krawiec szył dla wędrownych prestidigitatorów i był przyzwyczajony do odzieży ze specjalnymi przeróbkami i ukrytymi szwami. Matthew miał pieniądze, by przyspieszyć robotę, i nim dzień dobiegł końca, miał poprawione koszule, marynarkę i płaszcz. Zabrał się do zabezpieczania złota i srebra w wielu skrytych kieszeniach oraz pętlach wszytych w szwy, przygotowanych tak, by przechowywać monety i złoto w sposób uniemożliwiający jakiekolwiek brzęczenie, jeśli przyszłoby mu biec.

Ubranie mogło go obciążać, ale nie wypychało kieszeni ani nie zmieniało sylwetki. Nabrał pewności siebie, zapłacił krawcowi i ruszył do Briar's Club. Wprowadzono go i odnalazł admirała Jessopa w salonie dla członków.

— Baxter! W samą porę — admirał wstał i rąbnął go serdecznie w ramię. — Załatwiłem ci koję do Hawru, a odpływa jutro w nocy z Portsmouth na przypływie!

— Szybko poszło — odparł. — Najserdeczniej dziękuję.

— Napisałem list do kapitana dla ciebie — Jessop podał mu z przymrużeniem oka złożoną kartkę. — Nie wzięliby byle cywila, ale bycie admirałem ma swoje przywileje. A teraz, wypij ze mną kieliszek, zanim pójdziesz!

Jessop zamówił butelkę claretu, a Matthew napisał w pośpiechu notatkę do córek, że lada chwila wyrusza w morze. Podał wiadomość porterowi i dał chłopakowi jedną z ostatnich angielskich monet za fatygę jej wysłania.

Matthew musiał wypić wyśmienity claret szybko, co było, wszystko wziąwszy pod uwagę, cholerną szkoda. Uścisnął dłoń Jessopa i pośpiesznie opuścił klub. Na zewnątrz puścił się pędem do swojej kwatery po kuferek podróżny. Ubranie było dużo cięższe niż zwykle i spowalniało go. Po raz pierwszy od dawna złapał go skurcz podczas biegu i musiał się zatrzymać. Claret wybrał akurat tę chwilę, by dać o sobie znać powtórnie, i zwymiotował do rynsztoka. Dobry Boże, cóż za nieszczęsny początek. Byłoby jeszcze gorzej, gdyby nie zdążył na statek, więc popędził z powrotem do gospody, najszybciej jak zdołał.

Przynajmniej ubranie nie zadźwięczało ani razu; błogosławiona ulga.

Kupił bilet na pierwszy dyliżans odchodzący rano. O ile nie wydarzy się wypadek lub katastrofa, powinien dotrzeć do Portsmouth z zapasem czasu.

⁂

Matthew odetchnął, gdy bezpiecznie znalazł się na pokładzie *Hebe*. Rejs przebiegł przy zaledwie kilku szkwałach. Udało mu się nawet trochę pospać! Po zejściu na ląd rozejrzał się szybko po Hawrze i zanotował księgarnie, które odwiedzi w drodze powrotnej. Kiedykolwiek by to miało być. Następnie odnalazł miejscowego agenta i zaaranżował wysyłkę przyszłych kufrów i pak do Portsmouth, a stamtąd do Hatfield.

Pęd do Paryża pchał go naprzód. Podróż miała zająć dwa dni i przez cały pierwszy ranek gawędził uprzejmie po francusku z współpasażerami. Nie udało mu się zająć miejsca w rogu i musiał zadowolić się środkiem, co skutkowało ciągłym kołysaniem między sąsiadami.

Późnym popołudniem dżentelmen siedzący obok niego rzekł:
— Wyczuwam lekki akcent, skąd pan pochodzi?

— Jaki akcent? — zapytał Matthew z niewinną miną. Napoleon był bezpiecznie daleko, ale wątpił, by Anglicy byli tu mile widziani.

Pasażer dotknął palcem nosa i puścił do niego oko, jakby mówił — Zachowam pański sekret.

Matthew postawił mu drinka przy następnym postoju dyliżansu, po czym odetchnął z ulgą, gdy tamten poszedł w swoją stronę. Najlepiej, jeśli wszyscy będą myśleć, że naprawdę jest Francuzem. W domu on i Michelle mówili po francusku niemal tyle co po angielsku, ale po jej śmierci nieco wyszedł z wprawy; może akcent mu się trochę popsuł. Uważnie słuchał współpasażerów, pilnując, by odpowiadać krótko, kiedy musiał.

Po dniach spędzonych w dyliżansach i na statkach Matthew westchnął z ulgą, gdy znalazł kwaterę w Paryżu i zabrał się do intensywnych łowów książkowych. Nie wszystko naraz, bo to sprawiałoby wrażenie, że ma nadmiar pieniędzy i mogłoby zwabić rabusiów. Zamiast tego kupował jedną lub dwie pozycje w każdej księgarni, a inne, które go kusiły, dyskretnie chował na dnie jakiegoś stosu w kącie, by wrócić po nie później.

Nie sposób było ukryć jego radości, gdy po otwarciu okładki ujrzał na karcie tytułowej *The Collected Works of Philo Judæus.* Chciał zagłuszyć ekscytację obojętnym gwizdaniem, lecz to tylko przyciągnęłoby uwagę, więc przekrzywił głowę, udając nonszalancję.

To wydanie miało ręcznie rysowane, kolorowe ilustracje. Wymagało to najwyższej próby aktorstwa wobec księgarza.

Nie wynegocjował okazji, na co liczył, ale i tak trafiła mu się bardzo dobra cena i doskonale wiedział, który z jego klientów z radością zapłaci, ile tylko zażąda.

Książek było tu więcej, niż jakikolwiek człowiek mógłby zapragnąć. Niepokojące pamiątki po wojnach były wszędzie — zabite deskami sklepy i żebracy w łachmanach. Pilnie omijał dzielnice, gdzie ślady bitew wciąż znaczą budynki i wyboiste ulice. Po pierwszym dniu przetarł wierzch płaszcza i kapelusza o ceglany mur, by mocniej sprawiać wrażenie, że jemu także brakuje środków.

Napisał list do Céline, informując o swoim przybyciu i pobycie w Paryżu, jeśli zechciałaby do niego dołączyć, i z radością urządził się na dłuższy pobyt.

W kolejnych tygodniach kupował tyle książek, ile tylko był w stanie unieść. Jego codzienna rutyna napełniała go zachwytem. Rankami wydobywał z ubrania kilka sztuk biżuterii i szedł do kupca starzyzny, gdzie wymieniał je na franki. Niektórzy próbowali wmawiać, że klejnoty są podróbkami, więc po prostu wychodził ze sklepu. Jeśli wzywali go z powrotem, blef brał w łeb. Jeśli nie — trudno. Kupców w mieście było pod dostatkiem. W dzień wyszukiwał i kupował książki, wiedząc, że w Anglii mnóstwo czytelników z radością je odkupi. Każdego wieczoru dodawał je do kufra.

Zaczęła składać mu wizyty chuda pręgowana kotka, przypominając mu dom. Nie powinien zachęcać biednej znajdy, ale nie potrafił odmówić sobie podzielenia się kilkoma sardynkami pewnego wieczoru, kiedy grzankował chleb.

Gdy kufer się wypełnił, zorganizował jego transport z powrotem do Anglii. Był niemal pewien, że wsunął do jednej z książek w tym ostatnim kufrze liścik do córek. Nieważne, do następnej przesyłki dołączy kolejny. Następny kufer był już w połowie pełen książek.

Pięć miesięcy łowów książkowych minęło w radosnej mgle. Niestety, zaczynał być nieco zbyt rozpoznawalny przez regularne wizyty u tych samych lombardników i księgarzy. W listopadzie otrzymał list od Céline z Tours, że nie może podróżować, ale ma nadzieję, iż on będzie mógł przyjechać do niej.

Czas było ruszyć na południe.

***

Tours było spełnieniem marzeń bibliofila, pełne księgarń. Niektórzy handlarze byli skłonni przyjmować srebrne łańcuchy zamiast gotówki. Omijało to problem strat procentów po drodze u lombardników, więc jego siła nabywcza znacznie rosła.

W mieście wyczuwało się jednak nieufność, jakby wszyscy byli podenerwowani. Nic dziwnego, biorąc pod uwagę armie, które przez ostatnie dwie dekady maszerowały przez ich kraj.

Szukając Céline, nie zastał jej pod adresem, który ostatnio

podała. Sfrustrowany i coraz bardziej zaniepokojony, ostrożnie wypytywał różnych rzemieślników o jej możliwe miejsce pobytu. Jeśli wiedzieli, nie wyjawili. Matthew im się nie dziwił. Kobieta z dwojgiem małych dzieci musiałaby być ostrożna w tych niepewnych czasach. Mogła nawet posługiwać się zupełnie innym nazwiskiem.

Do tego nie miał pojęcia, jak dziś wygląda. Nie widział jej od czasu, gdy miała jakieś dwanaście lat, więc nie był w stanie podać sensownego opisu.

Po zaledwie tygodniu napełnił kolejny kufer cennymi książkami. Ponieważ miał już agenta w Hawrze, zaadresował go do niego z instrukcjami dalszej wysyłki, po czym dodał: — Proszę włożyć notkę do moich córek w moim imieniu, dobrze? Wielkie dzięki.

Matthew dawno już dopracował umiejętność wybierania stosunkowo tanich kwater, które jednak oferowały czystą pościel i dobre jedzenie. Zajazd, który wybrał w Tours, Hotel Mirabeau, na pierwszy rzut oka wyglądał na podupadły, ale żona hotelarza doskonale gotowała, a w piwnicy mieli pełno wyśmienitego wina. Rozluźniony po wyśmienitej kolacji z kaczki à l'orange, ziemniaków pieczonych na gęsim tłuszczu, fasolki szparagowej z blanszowanymi migdałami i tarte tatin westchnął z zadowoleniem, popijając wino, które przyniósł mu hotelarz.

— Merci beaucoup, Claude — powiedział pogodnie.

— Znów dobry dzień? Znalazłeś kolejne książki, których szukałeś? — zapytał Claude, siadając naprzeciwko na krótką pogawędkę. Okazał się bardzo pomocny, kierując Matthew do wielu sklepów, a nawet prywatnych sprzedawców, którzy byli skłonni rozstać się ze zbiorami za odpowiednią cenę.

— Owszem, i wysłałem ich całe mnóstwo do mojej księgarni w H— w Hawrze. Wkrótce zostaną przewiezione przez La Manche i sprzedane bogatym Anglikom, a ja będę mógł przejść na emeryturę — Matthew stuknął Clauda kieliszkiem, a hotelarz się uśmiechnął. Dobrze, Claude nie zauważył przejęzyczenia. Dość już chyba wina na dziś, żeby nie palnął kolejnego.

— Wyśmienita perspektywa, monsieur Beauchamp.

Oczywiście Matthew nie podawał swego prawdziwego nazwiska. „Baxter" brzmiało zbyt po angielsku. Opowiadał jednak historię, którą łatwo było zapamiętać, bo przynajmniej w jakiejś mierze była prawdziwa: miał księgarnię, a książki wysyłano do Hawru, skąd miały trafić do Anglii.

Najlepsze kłamstwa zawsze zawierały pokaźny pierwiastek prawdy — przekonał się nie raz.

— Czuję się przejedzony — Matthew poklepał się po brzuchu. — Ale jeśli jeszcze trochę podjem kuchni Lisette, będę musiał kupić nie tylko nowe książki, lecz i nową kamizelkę!

Claude roześmiał się, wyraźnie zadowolony, i zabrał puste talerze, gdy Matthew ruszył po schodach do swojego pokoju.

Jednym z powodów wyboru Hotelu Mirabeau było bezpieczeństwo. Choć każde z pokojów nie miało osobnego zamka, u stóp schodów znajdowały się drzwi na klucz. Tylko mieszkańcy dostawali do nich klucz. Zamknął je za sobą i skierował się do łóżka, nie tyle zmęczony, co niechętny do siedzenia na dole w zadymionej izbie z podchmielonymi Francuzami. Odłożył na bok mały stos książek, których nie wysłał jeszcze do córek; uznał je za zbyt cenne, by wypuszczać je z rąk, ale chętnie poświęci im trochę czasu.

Claude zapewnił parę latarni i olej do nich, więc Matthew obie zapalił i usiadł przy małym stoliku w swoim pokoju, biorąc do ręki jedną z książek i obracając ją, by ocenić stan oprawy. Uniósł ją do nosa i wciągnął głęboko powietrze, uśmiechając się szeroko na znajomy zapach starego papieru i atramentu.

Bardzo ostrożnie położył książkę na stole i otworzył okładkę, wpatrując się w kartę tytułową. — *Le Micromégas* — wyszeptał z nabożeństwem. — Voltaire... siedemnaście set pięćdziesiąt *jeden*.

Jeśli książka była autentyczna, mogła być jedyna w swoim rodzaju. Od lat krążyły pogłoski o wcześniejszych wydaniach, ale oficjalnie przyjmowaną datą pierwszej publikacji *Le Micromégas* był rok 1752. Tymczasem ten egzemplarz pochodził najwyraźniej z roku wcześniejszego.

Matthew z trudem powstrzymywał śmiech, badając książkę i z każdą chwilą coraz pewniej czując, że trzyma w rękach prawdziwy skarb.

— Będzie o ciebie wojna licytacyjna, ślicznotko! — powiedział do książki z radością. Wyróżnione ogłoszenie w *The Times*, pomyślał. Może nawet aukcja u Christie's na Bond Street, zwłaszcza jeśli zdoła znaleźć więcej książek tej klasy.

Dźwięk przy drzwiach sprawił, że aż podskoczył i spojrzał w górę. Zasuwa była po cichu podnoszona! Czy ktoś próbował się włamać? Matthew chwycił płaszcz, który zdjął i położył na końcu łóżka, oraz pistolet w jego kieszeni, ale zawahał się, gdy drzwi uchyliły się na tyle, by ktoś mógł się wsunąć do środka. Nie był to zbój, którego się połowicznie spodziewał, lecz kobieta — smukła i piękna — z ciemnymi włosami otaczającymi kremową, owalną twarz.

— Czy Claude cię przysłał? — zapytał rozbawiony. — Nie potrzebuję towarzystwa, dziękuję.

Choć przy drugim spojrzeniu nie była ubrana jak kurtyzana. Jej twarz nie była też upiększona makijażem. Miała na sobie skromną, prostą suknię, z bluzką pod spodem, zapiętą pod samą szyję. Zamrugała wielkimi zielonymi oczami, po czym rozjaśnił ją uśmiech i ku jego zdumieniu odezwała się po angielsku.

— No, piękne powitanie, Matthew Baxterze. Pomylić mnie z damą nocy! Michelle byłaby tobą nieźle zniesmaczona.

— Céline! — opadła mu szczęka ze zdumienia.

ROZDZIAŁ 3

Céline

Grudzień 1814 roku

Céline Fenouillart objechała piętką chleba brzeg miski z zupą, a aromat estragonu obudził w niej tęsknotę za spokojniejszymi czasami. Jej pierwsze lata małżeństwa upływały pośród ogrodów pełnych sezonowych ziół—były to czasy, kiedy można było wsadzić nasiona w ziemię i patrzeć, jak rosną, zamiast budzić się i zastawać złodziei, którzy wynieśli wszystko do ostatniej łodygi.

Gdybyż to złodzieje byli jej największym zmartwieniem. Wkrótce nadciągnęły armie, depcząc wszystko, co stanęło na drodze—po tym, jak i one poczęstowały się wszystkim, co rosło na polach i w grządkach, dojrzałym czy nie.

Musiała powstrzymać się przed rozgrzebywaniem najgorszych wspomnień. Wrzucenie brudnych misek po zupie do lodowatej wody do zmywania podziałało jak potrzeba—ostro sprowadziło ją do teraźniejszości. A potem do przyszłości.

Niedługo nauczy swoich ukochanych synów robić masło cytrynowo-estragonowe. Ich usta już się po tych wrażeniach nie pozbierają!

Gdyby tylko dało się kupować masło w odpowiednich

ilościach, nie wzbudzając podejrzeń wśród mieszkańców Tours. Miała opinię wdowy żyjącej w zubożałej elegancji, po imieniu znającej właściciela lombardu, gdzie od czasu do czasu zastawiała świeczniki, domowe bibeloty, a onegdaj nawet buty zmarłego męża.

Wszyscy stali się ostrożni i podejrzliwi, co po tylu latach wojny było zupełnie naturalne. Nowe ubrania czy zakup większej ilości jedzenia albo wina natychmiast uniosłyby brwi i wywołały plotki o źródle tych pieniędzy.

Zostawiła synów, Philippe'a i Pierre'a, czytających razem książkę. Nie mieli zbyt dużego formalnego wykształcenia, ale nauczyła ich czytać i liczyć. Kiedy świat przestanie wariować, zapisze ich obydwu do szkoły albo znajdzie korepetytora.

Dziś nadszedł czas, by rozstać się z kilkoma książkami, których chłopcy już nie potrzebowali. Wprawdzie bardzo chcieli je zatrzymać, ale rozumieli, że trzeba je sprzedać, żeby kupić jedzenie. Byli rozsądni i obchodzili się z książkami ostrożnie. Niestety, ślady wielokrotnego czytania były widoczne na oprawie i kilku poplamionych kartkach. Dobrze chociaż, że wciąż były całe i nie poszły na opał!

W lombardzie Monsieur Monnaie skinął jej przyjaźnie i życzył miłego poranka.

— Dzień dobry, szanowny panie — odparła Céline. Mówiła lekko, choć serce miała ciężkie. — Pomagałam chłopcom porządkować pokój i znalazłam te stare książki. Ciekawa jestem, czy są coś warte. Jeśli nie, oddam je chłopcom z powrotem. Pomyślałam jednak, że najpierw spytam.

Pan Monnaie obejrzał książki fachowym okiem i przekartkował kilka stron.

Céline nie schodził z twarzy uśmiech; wiedziała, że ten miły człowiek czasem stawał się przez to hojniejszy.

— Nie potrafię powiedzieć — rzekł, oddając jej książki. — Oprawa się rozpada, a niektóre karty są luźne.

Westchnęła i opadły jej ramiona. W domu zostało już tak niewiele, co mogłaby sprzedać. Gdyby zaczęła spieniężać część biżuterii, pan Monnaie mógłby się zacząć zastanawiać, czy nie ma w domu więcej. Czy mogła ufać, że nikomu o tym nie powie? — Choć kilka centimów na mąkę? — zapytała tonem, który, jak miała nadzieję, brzmiał tęsknie.

— Jest w mieście pewien jegomość, co skupuje książki, może złoży pani propozycję. Mówi, że jest z Le Havre, ale podejrzewam, że to Anglik.

W Céline rozwinęła skrzydła nadzieja. Jeśli był ktoś zainteresowany kupnem książek i rzeczywiście był Anglikiem, to musiał to być Matthew Baxter. Ostatnio słyszała, że Matthew dotarł do Paryża, a w swoim krótkim liście pisał, że bawi się doskonale. Przeliczając w myślach czas podróży, całkiem możliwe, że mógł już być teraz w Tours.

— Podał nazwisko?

— Przedstawił się jako Monsieur Beauchamp — odparł pan Monnaie.

Piękne Pola, przetłumaczyła w myślach Céline. To musiało nawiązywać do Hat*field*, gdzie mieszkał. — Wspomniał może, gdzie się zatrzymał?

— Naprawdę zależy pani na sprzedaży tych książek, co? Proszę spróbować w Hotelu Mirabeau, zdaje się, że tam znajdzie pani swojego książkowego kupca.

Wyszła z lombardu nie bogatsza, ale za to z nową wiedzą, która była warta jeszcze więcej.

— Czy Claude cię przysłał? — zagadnął pan Beauchamp, z rozbawieniem wykrzywiając usta. — Dziękuję, ale towarzystwo nie będzie mi dziś potrzebne.

Dłonie Céline zacisnęły się w pięści i spoczęły na biodrach.

Lecz mogła tylko poudawać obrażoną, nim uśmiech wyrwał się na wolność. Postanowiła odezwać się po angielsku, żeby wytrącić go z samozadowolenia. — No, piękne powitanie, Matthew Baxterze. Wziąć mnie za damę do towarzystwa! Michelle byłaby z ciebie nieźle zniesmaczona.

— Céline! — Szok sprawił, że opadła mu szczęka.

Oboje się roześmiali, a on pobiegł ku niej z otwartymi ramionami; uścisk odwzajemniła chętnie. Był to krzepki mężczyzna, bardzo odmieniony od czasu, gdy poznał jej starszą kuzynkę Michelle, ale wciąż można było dostrzec, że to ten sam dawny Matthew. Céline była dzieckiem, kiedy widziała go po raz ostatni. Z jego spojrzenia wyczytała, że próbuje pogodzić kobietę przed sobą z dziewczynką, którą kiedyś była. Tak wiele się zmieniło w ich życiu—i na świecie—w międzyczasie.

— Strasznie mi przykro, że nikt ci nie powiedział o śmierci Michelle — rzekł, a twarz mu spochmurniała. — To już będzie pięć lat. Bardzo mi przykro.

— Ale przecież powiedziałeś, odpisałeś mi na początku tego roku, po moim liście o rabusiach książek.

— Naprawdę? Cóż za skleroza! Mam tak, gdy skupiam się na książkach. Potrafię wymienić autorów, lata wydania, tytuły i ceny. One mają we mnie stałe miejsce, jakby moja głowa była wypełniona bibliotecznymi półkami. Niestety, inne sprawy nie bardzo chcą w niej zostać.

Nastrój na moment posmutniał, gdy wymieniali się wieściami o tych członkach rodzin, których już nie było na tym świecie, lecz z czasem otworzyli butelkę wina i przeszli do żywych—na przemian chełpiąc się swoimi dziećmi. O jego czterech córkach wiedziała oczywiście; Michelle od czasu do czasu do niej pisała, choć najwyraźniej żaden z listów, które Céline odsyłała, nigdy nie dotarł do Anglii.

— Dwóch synów! — powiedział Matthew, unosząc w jej stronę kieliszek wina w toaście. — Zdrowi i krzepcy, jak mniemam?

— Owszem. — Poczucie niepokoju przyćmiło jej twarz. — Aż nadto krzepcy. Armia była niesłychanie chętna, by zaciągnąć Philippe'a. Choć ma dopiero szesnaście lat, rostem i siłą dorównuje mężczyznom. Modlę się, żeby wraz z zesłaniem Korsykanina skończyły się walki i żeby nie musiał już lękać się przymusowego poboru.

Matthew ze zrozumieniem pokiwał głową. — Zbyt wielu mężczyzn i chłopców z naszych krajów, i nie tylko, zostało wessanych w tę bezsensowną wojnę i już nie wróciło. Musiałaś się o nich strasznie bać, Céline.

— Bardzo. Straciłam ich ojca — głos jej się załamał, lecz wyprostowała plecy i mówiła dalej. — Alain tyle przetrwał! Jego rodzice, jego starsi bracia... z Bożej łaski rewolucjoniści nie zabrali i jego głowy, miał ledwie piętnaście lat, gdy wybuchła La Révolution. Jego rodzinny château i dobra Napoleon zwrócił, ale... — wzruszyła ramionami. — W końcu Korsykanin zażądał zapłaty w służbie. Alain zginął trzy lata temu, w Portugalii.

— Bardzo mi przykro — powiedział cicho Matthew. — A potem?

Poznała po jego spojrzeniu, że patrzy na jej suknię, niegdyś z dobrej tkaniny, dziś znoszoną i poplamioną. Z pewnością nie była to suknia kobiety mieszkającej w château.

— Francja jest niebezpiecznym miejscem — powiedziała wreszcie. — Złodzieje, ludzie bez skrupułów... wdowa z dwojgiem małych synów i niewielką gotówką, by płacić mężczyznom, nawet jeśli byli do wynajęcia, to łatwy cel. Zobaczyłam—jak to mówicie —napis na ścianie. Zabrałam z château wszystko, co wydawało mi się, że będę mogła sprzedać. Odeszliśmy w środku nocy. Ani chwili za wcześnie; nie zdążyliśmy jeszcze dotrzeć do Tours, gdy doszła mnie wieść, że château spłonęło doszczętnie.

Matthew wyglądał na zupełnie przerażonego. — Céline! Co za gehenna! I gdzie teraz mieszkasz? Poszedłem pod adres, który podałaś, ale to pusty sklep.

— Byliśmy tam, lecz za bardzo rzucał się w oczy. Teraz mieszkamy w chatce, trochę dalej — przyznała. — To niewiele, ale... Nie wzięłam dostatecznie pod uwagę, wybierając rzeczy wartościowe, że niektóre mogą być niebezpiecznie cenne. Nie śmiem ich pokazywać, bo kusiłabym tych, którzy chcieliby nas obrabować. Moja biżuteria i rzadkie książki, które zbierał mój mąż, są dla mnie bezużyteczne, mimo swej wartości.

Zauważyła, jak Matthew się wyprostował na wzmiankę o książkach. W jego oczach zapłonęło zainteresowanie, a ona uśmiechnęła się w duchu. Matthew—jemu jednemu mogłaby zaufać, że kupi te woluminy, a może nawet pośredniczyć w sprzedaży biżuterii.

— Książki? — zapytał.

Pozwoliła, by śmiech wydostał się na zewnątrz. — Oui, książki, rzadkie, które, myślę, cię zainteresują. Nie te. — Machnęła dłonią ku zawiniątku zniszczonych elementarzy. — Próbowałam sprzedać je w lombardzie za franka czy dwa, ale skoro już tu jesteś...

— Céline, nawet jeśli nie będę chciał kupić twoich książek, nie zostawię cię w takim stanie — powiedział z przejęciem. — Nie mógłbym z tym żyć. Musisz pozwolić mi pomóc.

Łzy zaszczypały ją w oczy, lecz dzielnie je odmrugała. Nie pozwoliła sobie na luksus płaczu od nocy, gdy dotarła do niej wieść o śmierci Alaina, i nie pozwoli na to teraz.

— Nawet nie wiesz, jak bardzo pragnęłam kogoś, komu mogłabym zaufać, żeby nam pomógł — wyznała. — Jestem taka, taka szczęśliwa, że przyjechałeś, Matthew.

— Ja też się cieszę, że tu jestem! — Wypił ostatni łyk wina i wstał. — Chodź, robi się późno. Na pewno chcesz wrócić do synów; odprowadzę cię bezpiecznie do domu.

Prawdziwy dżentelmen. Przełknęła gulę w gardle, naciągnęła kaptur na włosy i wsunęła dłoń pod jego ramię na piętnastominutowy spacer z powrotem do chaty.

Zbliżając się z Matthew do swojego małego domu, próbowała spojrzeć nań jego oczami: cztery izdebki, dach wyglądający na grożący zawaleniem i zarośnięty ogródek, na który miała mało czasu. W oknie paliła się skromna świeczka, więc Philippe niewątpliwie na nią czekał. Zastukała lekko w drzwi w umówiony sposób i poczekała, aż odsunie zasuwę, uśmiechając się radośnie do syna, gdy zaskrzypiały zawiasy.

Uśmiech zgasł jej jednak z twarzy, kiedy zobaczyła pistolet w dłoni Philippe'a, wymierzony prosto w pierś Matthew.

— Spokojnie. — Matthew znieruchomiał, powoli unosząc ręce. — Nie strzelaj!

Odezwał się po angielsku—w panice, z lufą broni wymierzoną w siebie, zapomniał francuskiego—a oczy Philippe'a zwęziły się podejrzliwie.

— Mam strzelić? — zapytał Philippe po błyskawicznie wyrzucanych z siebie słowach po francusku.

ROZDZIAŁ 4

Philippe & Pierre

Lufa pistoletu wymierzona prosto w twarz nie była przygodą, jaką Matthew sobie wyobrażał, ruszając do Francji. Z dudniącym w uszach tętnem stanął przed Céline, by ją osłonić.

Dłoń Céline delikatnie naparła na jego ramię i przeszła obok niego, jej głos był spokojny i pewny, gdy mówiła do zbira, który im groził. — Wszystko w porządku, odłóż to.

— Kazał pani to powiedzieć? — zapytał młody mężczyzna.

Mówił tak szybko i tak cicho, że Matthew z trudem pojmował, co się dzieje. Nie pomagało, że jego dudniący puls zagłuszał co drugie słowo.

— Philippe, wpuść nas do środka, wszystko jest dobrze — powtórzyła Céline.

Minutę później, ku ogromnej uldze Matthew, byli już w środku, w skromnej chacie, w której przy sfatygowanym stole stały tylko trzy krzesła. Na jedynym fotelu-uszaku klęczał tyłem młodszy chłopiec, żeby móc patrzeć im w oczy.

— Matthew Baxter, to moi synowie, Philippe i Pierre. Chłopcy, to Monsieur Baxter z Anglii. Ożenił się z moją kuzynką, Michelle, i przyjechał do Francji kupować książki.

— Jeszcze raz przepraszam, że wymierzyłem w pana broń — powiedział Philippe, wyglądając na szczerze zawstydzonego. — Myślałem, że Maman jest w niebezpieczeństwie.

— Jest pan znakomitym obrońcą — przyznał Matthew. Teraz, gdy broń została bezpiecznie odłożona i mógł odetchnąć, łatwiej było dostrzec, jak młody jest ten wysoki chłopak. Nic dziwnego, że Céline musiała chronić go przed zaciągiem do armii. — Jest pan dzielnym młodym człowiekiem i świetnie się pan trzyma w strasznych okolicznościach. Cieszę się, że Céline ma takiego orędownika po swojej stronie.

Philippe skinął ostrożnie głową.

Pierre wiercił się na fotelu. — Naprawdę ma pan księgarnię? — Głos chłopca załamywał się mu w połowie zdania, z chłopięcego trelu przechodząc w męski tenor.

— Oczywiście, i właśnie dlatego tu jestem — odparł Matthew z dumą w głosie. — Pani matka do mnie napisała i wspomniała o tutejszej strasznej sytuacji; że zdesperowani ludzie palą książki na opał. Ta wiadomość złamała mi serce. Zostawiłem cztery zaradne córki, by prowadziły księgarnię, póki mnie nie ma.

Philippe podzielił smutek Matthew, brzmiąc na dużo starszego, niż był. — To haniebny stan rzeczy.

Nic dziwnego, że jego matka drżała o niego; ledwie wyszedł z chłopięcych lat, a niósł w sobie troski starego człowieka, który przeżył zbyt wiele.

***

Matthew zabrał Céline i chłopców na ucztę do Hotelu Mirabeau, po cichu polecając Claude'owi, by podał im solidne porcje. To było najmniej, co mógł dla nich zrobić, biorąc pod uwagę ich położenie. Nie że wiedział dokładnie, jak wyglądają ich warunki — nie znał ich na tyle, by pytać wprost — ale po braku mebli w chacie i stanie ogrodu było widać, że mają wyjątkowego pecha.

Maniery chłopców były nienaganne, mimo oczywistego głodu. Jedli żwawo, z wyraźnym uznaniem i pomrukami zadowolenia, ale nie rzucili się na jedzenie jak wygłodniałe zwierzęta. Co za powściągliwość! Matthew podziwiał ich dżentelmeńskie obycie, zważywszy na życie w niedostatku.

— To pani zasługa, Céline — powiedział, uśmiechając się do nich. — Gdybym był na ich miejscu, wypiłbym zupę prosto z miski.

— Popadliśmy w kłopoty, to prawda, ale dbam, by pamiętali, że są dżentelmenami. Dbam też, byśmy jedli przynajmniej jeden porządny posiłek dziennie. Ten może im wystarczyć na trzy kolejne — odparła.

— Proszę pozwolić mi pomóc — powiedział, po czym ściszył głos: — Mam środki wszyte w ubranie, mogę pani coś dać.

Céline nie westchnęła z szokiem ani z ulgą na tę ofiarność, czego się spodziewał. Zamiast tego uśmiechnęła się porozumiewawczo, co tylko go zbiło z tropu. Nie powiedziała nic więcej, aż wrócili do jej chaty. Gdy znaleźli się poza zasięgiem cudzych uszu, rzekła: — Proszę zapytać, skąd wiem, że ma pan coś wszyte w ubranie.

Zrobił fałszywy krok i powiedział: — Nie słyszałem brzęku.

— Układ tkaniny układa się wyjątkowo równo, jakby coś ciężkiego ją ściągało. Rozpoznaję to, bo robiłam to samo z kilkoma moimi sukniami.

— Tutaj trzeba się tak zabezpieczać? — Sprawy musiały zajść naprawdę daleko, skoro ludzie byli do tego zmuszeni.

Céline skinęła głową. — Uratowałam z zamku tyle, ile się dało. Wszyć w ubraniach — to było najlepsze, co mogłam zrobić. Do peruki ukryłabym o wiele więcej, gdyby wciąż powszechnie je noszono. — Westchnęła teatralnie, a Matthew wyobraził ją sobie w misternie ufryzowanej, pudrowanej peruce. — Mam majątek; niestety, wzbudziłabym podejrzenia, gdybym zaczęła nim swobodnie obracać, więc muszę utrzymywać pozór, że nie mam nic.

— Proszę użyć mnie jako wymówki — zaproponował od razu Matthew. — Niech pani powie, że kupiłem od pani jakieś książki. Pozwoliłoby to pani żyć wygodniej. Może przeprowadziłaby się pani do Paryża?

Skrzywiła się i od razu poczuł się głupio, dodając: — Nie powinienem był tego mówić. Paryż wcale nie jest bezpieczniejszy, prawda?

Céline wzruszyła ramionami. — Nieszczególnie. Poza tym mam dość ciągłego przenoszenia się z miejsca na miejsce.

W chacie rozmawiali do późnej nocy o tym, co można zrobić i jak Matthew mógłby pomóc. Céline najwyraźniej już mu ufała, bo pokazała skrzynię stojącą obok uszaka. Na wierzchu leżał mały dywanik, więc wyglądało to na przerośnięty podnóżek albo mały stolik. Odpinając zamek, odsłoniła skarby w środku.

Matthew niemal się po nich ślinił, ale to mogłoby je uszkodzić. Z czcią podniósł jeden tom, otworzył i westchnął. Ręcznie iluminowany! Kolory niemal jarzyły się na pożółkłym papierze nawet w nikłym blasku świec. To było średniowieczne; mozolnie przepisane przez mnicha pół tysiąca lat temu. Bezcenne.

— Gdyby pan je ode mnie kupił, to bardzo by nam pomogło — powiedziała Céline. — Mogłabym na nowo urządzić rodzinę tutaj, kupić nową chatę z oknami i drzwiami, które porządnie się zamykają. Dokupić trochę mebli. Mogłabym od czasu do czasu spieniężać jakiś klejnot, nie budząc podejrzeń, bo ludzie wiedzieliby, że to od pana, księgarza. Zaczęlibyśmy od nowa.

— Nie mogę — odparł, przechodząc od książki do książki i z trudem przełykając ślinę na myśl o swoim szczęściu.

— Nie może pan? — oburzyła się Céline, podnosząc głos. — Dlaczego?

— Bo są zbyt cenne, by je wysłać. Nie mogę spuścić ich z oka. Zabiorę je ze sobą osobiście, kiedy będę wyjeżdżał z Francji.

— Czyli jednak je pan *kupi*?

— Czy słońce wschodzi na wschodzie? Byłbym największym głupcem na świecie, gdybym tego nie zrobił. Czy ma pani pojęcie, ile one są warte? — Postępował skrajnie niemądrze, zawierając najgorszy interes w życiu. Ale Céline była rodziną i zamierzał zapłacić uczciwie. — Proszę podać cenę — należy się pani; zapłacę tyle, ile mam teraz przy sobie, a kiedy wrócę do Anglii i je sprzedam, wyślę pani resztę.

Spojrzała na niego, potem na stos książek, ale powieki jej opadały i widać było, że jest wyczerpana. Musiała się zaharowywać, by wykarmić siebie i synów — to było oczywiste.

— Ale nie dziś wieczorem — powiedział łagodnie. — Proszę iść spać. Porozmawiamy jutro. — A ponieważ wyglądała, jakby była o krok od łez, wyciągnął rękę i położył dłoń na jej dłoni, czując ze zmartwieniem, że wydaje się niemal krucha w jego uścisku, wychudzona i spracowana, ze zrogowaceniami, jakich żadna delikatnie urodzona dama nie powinna była mieć. — Jestem już tutaj, Céline. Obiecuję, że panią i chłopców postawię na nogi.

<hr>

Tego wieczoru wrócił do hotelu, ale mało spał, rozmyślając o położeniu Céline i o tym, jak może pomóc. Rankiem wstawszy, wstąpił do piekarni po świeżo upieczone croissanty i bagietkę, a następnie zahaczył o kilka innych sklepów w drodze do chaty Céline po szynkę, ser, masło i miód. Gdy dotarł do jej drzwi, niemal uginał się pod ciężarem pakunków.

— Mon Dieu — powiedział Philippe, szeroko otwierając oczy, gdy uchylał drzwi, by wpuścić Matthew. — Co to wszystko?

— Śniadanie. A także obiad — odparł Matthew, podając mu papierową paczkę z piekarni.

— Croissants! — Oczy Pierre'a zrobiły się ogromne, gdy

Philippe rozwinął paczkę, i Matthew pomyślał, kiedy to chłopiec ostatni raz jadł choć taki prosty przysmak.

— Jestem wygłodniały — powiedział wesoło. — Jedzmy!

Żaden z chłopców nie zaprotestował, a kiedy kilka minut później weszła Céline, zastała ich trzech przy chybotliwym, drewnianym stole, jak maczają rogaliki w kawie i śmieją się razem.

— Myślałam — rzekła, dołączając do nich — że może powinien pan zamieszkać u nas. Hotel Mirabeau jest całkiem przyzwoity, ale... Mnie samej udało się bez trudu wejść za innym gościem przez drzwi na klatkę schodową. Pańskie książki nie są tam bezpieczne, a my mamy jeszcze jeden pokój, choć na poddaszu.

Matthew wyczuł w jej zaproszeniu pobudki dodatkowe. Czy czuła się bezpieczniej, gdyby był na miejscu? Oczywiście. Philippe może i miał wzrost mężczyzny, ale wciąż był chłopcem. Dorosły mężczyzna w domu skłoniłby przypadkowego złodzieja do zastanowienia się dwa razy.

— Jeśli to nie będzie kłopot — odparł — bardzo bym sobie tego życzył.

— Na pewno nie, jeśli będzie pan przynosił takie wspaniałe jedzenie! — zawołał ochoczo Pierre.

— Codziennie — odparł Matthew, choć Céline próbowała uciszyć syna. — I mam zamiar sprawić, by przed moim wyjazdem z Francji mieli państwo zapewnione posiłki co najmniej tej jakości każdego dnia, do końca życia.

To może potrwać. Uświadomił to sobie już w nocy, leżąc bezsennie i gapiąc się w sufit. Pieniędzy, które miał przy sobie, nie wystarczy, a Céline ma co prawda klejnoty, ale żeby dostać za nie dobrą cenę, będzie musiał pojechać znów do Paryża — tak sądził. I będzie musiał zorganizować powrót swój i tej skrzyni pełnej książek do Anglii.

Im dłużej nad tym myślał, tym bardziej skłaniał się ku temu, by pojechali *wszyscy* do Anglii. Klejnoty Céline uzyskałyby w Londynie znacznie lepszą cenę. A Anglia była o wiele bezpieczniejsza

— Francja pogrążona była w niepokojach, po aresztowaniu Bonapartego powstała luka, której nikt należycie nie wypełnił, a generałowie i możni ścierali się o władzę. Niemal każdego dnia docierały wieści o formowaniu nowej milicji.

— Pana angielski jest całkiem niezły, Pierre — powiedział, pomagając chłopcu przy gospodarstwie w chacie Céline. — Ale akcent mógłby być lepszy. Chciałbyś poćwiczyć?

Pierre zgodził się z zapałem, a Philippe, choć udawał obojętność i zadzierał nosa w ten pogardliwy sposób, na jaki stać tylko podejrzliwego nastolatka, dołączył po chwili rozmowy po angielsku.

— Bardzo dobrze — pochwalił Matthew Pierre'a. — Pomyśl, na którą sylabę kładziesz akcent. Kradniemy z różnych języków, więc czasem akcentujemy drugą, ale równie często pierwszą. I uważaj, by nie połykać litery h... w angielskim wymawiamy ją wyraźniej.

Pierre bardzo poważnie skinął głową i powtórzył zdanie, tym razem niemal bezbłędnie.

— Co tu się dzieje? — rozległ się głos w progu i Matthew podniósł wzrok, by zobaczyć, jak wchodzi Céline z uśmiechem na twarzy. Słońce wpadające za jej plecami przez drzwi sprawiało, że w jej włosach igrały czerwonawe refleksy i wyglądała przepięknie.

Serce zrobiło najdziwniejszy skok, gdy, śmiejąc się, przeszła przez pokój, by uścisnąć Pierre'a, drocząc się, że chyba młody Anglik wstąpił do nich na herbatkę.

Minęło wiele czasu, odkąd Matthew czuł coś podobnego do tego, co właśnie przez niego przepływało: osobliwe mrowienie w policzkach, krew bijąca szybciej, ramiona aż świerzbiące, by przyłączyć się do ich radosnego uścisku.

Michelle nie żyje od lat — próbował sobie tłumaczyć. *Nie miałaby mi za złe, że znów czuję się jak mężczyzna.*

Ale mogłaby nie być zachwycona faktem, że to jej własna kuzynka rozbudziła w nim te uczucia, więc Matthew zmusił się, by odwrócić wzrok, oddychać spokojnie i odsunąć pożądliwe myśli.

Jego obowiązkiem było pomóc Céline i jej synom; tego pragnęłaby Michelle i to właśnie zamierzał uczynić. Zakochanie się w niej nie wchodziło w grę.

ROZDZIAŁ 5

Straszne wieści

Córki nie schodziły mu z myśli, gdy niebo groziło śniegiem, a wilgoć potęgowała chłód. Matthew napisał do Estelle, choć nie miał większej nadziei, że list w ogóle dojdzie. Cudem było, że list od Celine dotarł do Paryża, jeśli wziąć pod uwagę, jak bardzo codzienne mechanizmy się posypały wraz z nagłymi zmianami zachodzącymi we Francji. Inne państwa wyznaczały, kto weźmie którą część, jakby chodziło o zwyczajne krojenie puddingu bożonarodzeniowego, a nie całkowite wywrócenie ludziom życia do góry nogami.

Ale przecież *były* święta i postanowił je uczcić.

Zwykle wiedział, że chłopcy najbardziej ucieszyliby się z książek. Niestety, zdobycie nowych tytułów było teraz poza jego możliwościami. Kiedy wrócą do Hatfield... powstrzymał się. Celine nie była jeszcze gotowa wywracać wszystkiego do góry nogami. Przetrwała już tyle zmian, że naturalne było, iż pragnęła uczynić obecne życie możliwie normalnym. To znaczy zostać w Tours, w tej małej chacie, i nie rzucać się w oczy.

Kupowanie im nowych ubrań czy klejnotów zwróciłoby niewłaściwą uwagę. Nawet buty, kapelusze czy nowy zimowy płaszcz nie wchodziły w grę. Wspomnienia natomiast były czymś, czego nikt nie mógł zobaczyć ani odebrać.

Jego prezentem na Boże Narodzenie miało być coś, co mogliby świętować wspólnie, z dala od cudzych oczu, by pozostały z nimi na długo.

Kupował rzeczy po kawałku, w różnych sklepach, żeby nikt nie zobaczył, że wydaje za dużo w jednym miejscu, i nie nabrał podejrzeń.

On i Philippe wyruszali — ostrożnie, rzecz jasna — by zebrać więcej drewna i suszyć je przy kominku. Gałęzie sosny wniosły do domu zapach lasu. Pierre palił się, by pomóc, więc i on przynosił drobniejsze ozdoby. Wkrótce mała kuchnia wyglądała i pachniała świątecznie dzięki gałązkom ostrokrzewu i sosny.

Pierre przyniósł dzban i pognał na zewnątrz, a wrócił godzinę później z tyloma ślimakami, że aż się z niego wspinały na wolność.

Matthew uśmiechnął się niepewnie. — Nigdy nie jadłem escargot i chyba najwyższa pora, żeby się przekonać, jak smakują!

Celine ruszyła do resztek warzywnika i znalazła trochę czosnku oraz całe mnóstwo natki, która rosła gdzie popadnie.

Przesypali ślimaki do większego wiadra z zimną wodą, a Celine przetrząsnęła kufer i znalazła komplet srebrnych widelczyków do ślimaków. — Wciąż mogę je musieć sprzedać, więc proszę, uważajcie — powiedziała chłopcom.

Matthew zabrał Pierre'a na targ, podczas gdy Celine zatrzymała Philippe'a w chacie, z dala od oczu. Rósł już zdecydowanie zbyt szybko, by wmieszać się w tłum.

Twarz Celine rozjaśniła się szczęściem, gdy Matthew i Pierre wrócili z kasztanami, koprem, śmietaną i masłem oraz z peklowaną szynką, która wystarczyłaby im na kilka dni. Rzuciła mu się na szyję z wdzięcznością i pocałowała go w oba policzki.

Zachwiał się pod tym naporem czułości i zastanowił się, czy nie zdąży jeszcze pędem wrócić na targ po więcej.

Uczta działała na wszystkie zmysły, a ciepło otuliło ich małą chatkę. Zupa z kasztanów, escargot z masłem czosnkowo-pietrusz-kowym, szynka z miodem i musztardą, kurczak w śmietankowym estragonie. Trzymali się za brzuchy z rozkoszy i lekkiego bólu, zanim noc dobiegła końca.

Potem Celine zaskoczyła ich wszystkich, wyciągając słoik suszonych śliwek do podziału, które popijali grzanym winem.

Życie miało to do siebie, że prędko nabierało regularnego rytmu — co powinno było być dla Céline znakiem, iż niczego nie można brać za pewnik. Obecność Matthew u nich, jego radość z uczenia chłopców subtelności języka angielskiego, a przy okazji i trochę slangu, była świetna dla ich edukacji.

Samolubnie lubiła towarzystwo dorosłego, który ułatwiał jej życie, zamiast je utrudniać. Czy Matthew był drugą szansą na szczęście i wsparcie, czy też oszukiwała się, widząc w nim więcej, niż mogło tam być? Wina zalewała ją za każdym razem, gdy przyłapywała się na tym, że mu się przygląda, doceniając jego wysoką, krzepką sylwetkę i dobroć bijącą z twarzy.

Ale była kobietą, nie umarła wraz z Alainem. Patrzenie nie mogło przecież zaszkodzić, prawda? Będzie za nim bardzo tęsknić, kiedy wróci do Anglii. Może pewnego dnia ona, Philippe i Pierre mogliby odwiedzić Hatfield? To było marzenie, do którego wracała od czasu do czasu. Pojechać, poznać jego córki. Uwielbiała słuchać, jak o nich opowiadał; jak z dumą opisywał każdą dziewczynkę, jej wyjątkowe cechy i mocne strony.

Gdyby wyjechała teraz, nie sposób byłoby przewidzieć, do czego wróci — ani czy chatka w ogóle stałaby jeszcze. Może kiedy zrobi się nieco spokojniej, wynajęłaby ją młodej rodzinie, która zajęłaby się ogrodem.

Wszystko musiało się wkrótce uspokoić. Życie wróci do normy, była tego pewna. Matthew mieszkał z nimi już od kilku miesięcy, powtarzając, że nie musi się spieszyć z powrotem, a ona, egoistycznie, zaczynała mieć nadzieję, że może zostałby na dłużej, choć wiedziała, że to niemożliwe. Nie mógł porzucić na zawsze córek i księgarni.

Gdzieś z tyłu głowy miała świadomość, że zostaje, bo obawia się o jej bezpieczeństwo, i rzeczywiście, regularnie delikatnie sugerował, by ona i chłopcy pojechali z nim do Anglii. Choćby na rok czy dwa, dopóki nie będzie bezpieczniej. Tylko że... nie potrafiła się zdobyć na wyjazd. Za każdym razem, gdy o tym wspominał, zbywała go: — Pomyślę o tym — a on przyjmował jej decyzję skinieniem głowy.

To miał być zwyczajny poranek — wizyta na targu, żeby kupić jedzenie na dzień. Matthew potrzebował nowej skrzyni, by wysłać książki do Hatfield, a Céline szła u jego boku, dzieląc się pomysłami na posiłki z sezonowych produktów. Miło byłoby pójść wszystkim razem jak rodzina, ale Céline została z chłopcami w domu. Choć było o wiele bezpieczniej niż od dłuższego już czasu, coś powstrzymywało ją przed tym, by pozwolić wysokim chłopcom, zwłaszcza Philippe'owi, za bardzo kręcić się po otwartej przestrzeni. Młodych mężczyzn nie było wielu. Widać było kilku bardzo młodych chłopców w połatanych ubraniach i sporo starszych mężczyzn w wieku Matthew i starszych, ale nikogo w wieku Philippe'a.

Za to dziewcząt było sporo — co martwiło Céline, bo mogło okazać się dla jej syna jeszcze większym zagrożeniem niż pobór do wojska.

Przed nimi mężczyzna przytwierdzał ogłoszenie do tablicy targowej, a wokół zbierało się mnóstwo ludzi, by je przeczytać. Wpatrywali się w kartę i kręcili głowami, po czym w napiętej ciszy pospiesznie odchodzili. Zaintrygowana, Céline przecisnęła się na przód tłumu i przeczytała wiadomość.

Z każdą linijką lodowaty strach rozlewał jej się po żyłach. Napoleon uciekł z Elby! Mało tego — gromadził armię. 5. pułk piechoty w Grenoble przyłączył się do niego w komplecie. To nie miało sensu, przecież mieli być rojalistami! Reszta słów rozmazała się, gdy usiłowała pojąć ciąg dalszy.

Silne ramię Matthew objęło ją, podtrzymując, gdy i on czytał wieści.

— Spokojnie — wyszeptał kojąco, głaszcząc ją po ramieniu.

— Nie może być spokojnie. Tego jest zbyt wiele! — słowa Céline traciły sens, gdy ogarniała ją panika.

— Potrzebujemy transportu — powiedział Matthew. — Kupimy bilety na najbliższą dilżansową do Le Havre.

Chłopcy. Myślała tylko o tym, by ich ochronić. — Wezmą Philippe'a, jak tylko go zobaczą.

Matthew chwycił Céline za rękę i pobiegli do zajazdu dyliżansowego, gdzie zbierał się już hałaśliwy, zrozpaczony tłum.

— Boże drogi, spóźniliśmy się! — krzyknęła Céline.

Głos Matthew był pewny i kojący: — Obiecałem, że was ochronię. Wróćmy do chaty, tam obmyślimy plan.

— Miałeś rację od początku — powiedziała, biegnąc do domu, a strach podsycał jej panikę. — Myślałam, że Francja będzie bezpieczna, ale jak teraz może być? Boże drogi, zwlekałam za długo i teraz zabiorą mi synów. Głupia byłam, że cię nie posłuchałam. Twarz płonęła jej od wysiłku, ale łez nie było. Z pewnością przyjdą — i będzie na nie gotowa.

— Przestań się karać — powiedział Matthew. — Robiłaś to, co uważałaś za najlepsze. Skąd ktoś mógł wiedzieć, że ten szaleniec się wydostanie?

— Nic go nie zatrzyma, już to wiem — odparła Céline.

Gdy wrócili bezpiecznie do chaty, Céline przekazała straszne wieści — stoickiemu Philippe'owi i drżącemu Pierre'owi — że Napoleon uciekł z Elby i właśnie teraz zbiera wojska.

Wśród gorączkowych przygotowań spakowali najcenniejsze rzeczy i tyle jedzenia, ile zdołali. Céline pobiegła do swojego pokoju i założyła stare spódnice, w które wszyto klejnoty, a na wierzch włożyła najstarszą, najbrudniejszą, by wyglądać na kobietę bez grosza. Warstwy przynajmniej ogrzeją ją nocą.

Matthew wrócił po pół godzinie, która ciągnęła się jak cały dzień, z dwukołowym wózkiem osiołkowym. Bez osła.

Załadowali na skrzynię swój dobytek. On i Céline chwycili po dyszlu i ciągnęli wózek za sobą, a chłopcy szli blisko obok.

— Do Le Havre będziemy iść tygodniami — powiedziała Céline, już zastanawiając się, jak przetrwają tę drogę.

Matthew pokręcił głową, gdy zaczęli iść obrzeżami miasteczka zamiast przez targ. — To zbyt daleko na północ, a droga do Paryża, którą musielibyśmy jechać, nie jest bezpieczna. Pasażerowie, którzy wysiedli z ostatniego dyliżansu, mówili, że jest źle. Pójdziemy więc na południowy zachód i spróbujemy znaleźć statek w La Rochelle.

— Jak Napoleon mógł dotrzeć tam tak szybko?

— Nie wiem, czy to on. Słyszę, że inne armie się mobilizują i ruszają, żeby go odciąć, ale trudno odróżnić, co jest prawdą, a co paniką. Lepiej założyć, że na północ od nas roi się od ludzi i wojsk, więc bezpieczniej będzie iść na południe.

— Bolą mnie stopy — powiedział Pierre.

— Wiem, skarbie — odrzekła Céline. — Musisz być dla mnie dzielny.

— Możecie się wdrapać na wóz — powiedział Matthew — odpocznijcie, póki idziemy po równym, ale jak trafimy na górkę, będziecie musieli zejść i pchać.

— Moje stopy są w porządku — oznajmił Philippe, brzmiąc aż nazbyt dorośle.

Gdyby natknęło się na nich wojsko, zaciągnęliby go szybciej, niż zdążyłaby mrugnąć. Céline pomyślała, jakby go trochę ukryć.

— Zwiń się na skrzyni i prześpij się, później będę potrzebować, żebyś ciągnął wóz.

Philippe posłuchał bez sprzeciwu, a ona odetchnęła z ulgą.

Matthew ściszył głos: — Przykryję ich jeszcze kocem, będą wyglądać na młodszych.

W następnym miasteczku spytali o drogę do La Rochelle i dołączyli do kolejnych ludzi z różnych stron wsi, idących, ciągnących wózek albo jadących na czym popadnie — ośle, wołu czy koniu — w tym samym kierunku. Otaczały ich osoby samotne, pary i całe rodziny, wszyscy rozpaczliwie szukający tego samego: bezpieczeństwa.

Trzeciego dnia tej wyczerpującej, mielącej siły wędrówki Matthew zdołał się potargować z mężczyzną, który miał dwa osły, wymieniając srebrne łańcuszki i kilka monet na mniejszego z nich. Spenetrowali stodołę opuszczonego gospodarstwa w poszukiwaniu kawałków uprzęży, by przypiąć osiołka do wózka.

Ręce Céline były już słabe jak z waty, a ciało całe w siniakach po kilku upadkach; mogłaby się rozpłakać z wdzięczności, kiedy mały osioł chętnie napiął się w chomącie i wózek potoczył się naprzód.

— Wejdź z Pierre'em na tył na chwilę — powiedział łagodnie Matthew, chyba wyczuwając jej zmęczenie. — I proszę. — Podał jej butelkę. — Znalazłem to w kuchni w tym domu.

— Wino? — mrugnęła na niego.

— Wyglądasz, jakbyś potrzebowała. — Uśmiechnął się krzywo.

— Może nie całej butelki. Zostaw trochę na wieczór. Pomoże ci zasnąć.

Od wyjazdu z Tours prawie nie spała. Po kilku łykach wina poczuła, jak oczy się kleją, i zdrzemnęła się, oparta o ramię Pierre'a, mimo że rozklekotany wózek podskakiwał na wyboistej drodze.

Obudziła się późnym popołudniem; niebo miało barwę tępą, żelaznoszarą, zapowiadając deszcz. — Powinniśmy poszukać schronienia — zawołała do Matthew, zeskakując z wozu, by iść obok niego.

Matthew skinął głową. — Wypatruję. Jeszcze mila albo dwie i zejdźmy z drogi, może do tego zagajnika. Pod wozem zmieszczą się trzy osoby.

— Ale nas jest czworo — zauważyła.

— Nie powinniśmy wszyscy spać naraz. Wszędzie pełno zrozpaczonych ludzi, a osioł z wozem dla wielu wyglądają jak bogactwo.

Wciągnęli osiołka i wóz między drzewa, znajdując osłonięte miejsce na odpoczynek.

Matthew powiedział: — Ty, Philippe i ja będziemy czuwać na zmiany.

— Ja też mogę pomagać! — zapalił się Pierre.

Matthew spojrzał na Céline, a ona szczerze doceniła, że zostawia decyzję co do syna jej. Zawahała się chwilę, przyglądając mu się. Tylko dwanaście lat... ale w krótkim życiu widział już zbyt wiele i, jak Philippe, był wysoki i silny jak na swój wiek.

— Dobrze — ustąpiła. — Weźmiesz ostatnią wartę, do świtu. Ale zanim to nastąpi, musisz nauczyć się obchodzić z pistoletem.

Oczy Pierre'a natychmiast rozbłysły.

— Nie po to, żeby strzelać! — szybko dodał Matthew. — Nie mamy prochu i śrutu do marnowania. Ale nauczę cię celowania i jak działa mechanizm. Jesteś już dość duży, by to wiedzieć. Kiedy jednak będziesz na warcie i zobaczysz coś niepokojącego, pierwsze, co masz zrobić, to obudzić mnie, rozumiesz?

Pierre uroczyście przyrzekł, a Matthew wyjął pistolet. Zawahał się, po czym schował go z powrotem do kieszeni, zmieniając zdanie.

— Właściwie, Céline, lepiej, żeby uczył się na twoim. Pożyczę?

Skinęła głową, wyjęła broń z plecaka i podała mu. Matthew ostrożnie rozładował pistolet, wsypał proch z powrotem do rogu, a kulę włożył tymczasowo do kieszeni, żeby uczyć Pierre'a na bezpiecznie rozładowanej broni.

Céline musiała oderwać wzrok od jego sprawnych, silnych dłoni, gdy demonstrował działanie pistoletu, mówiąc najpierw po angielsku, a potem po francusku, by Pierre zrozumiał każde słowo. Taki dobry i cierpliwy, tak łagodny, a jednocześnie mocny; czuła się nielojalna wobec pamięci męża, że tak się czuje — lecz Alain nigdy nie odznaczał się przesadnie żadną z tych cech. Choć nigdy nie bywał fizycznie brutalny, Céline i jej synowie stąpali przy nim ostrożnie, by nie wybuchł gniewem i nie zaczął krzyczeć i miotać się. Nawet ich château nie było na tyle duże, by znaleźć spokój, kiedy Alain miał jeden ze swoich humorów.

Matthew podał rozładowany pistolet w ręce Pierre'a, żeby chłopiec poczuł jego ciężar. Dziecko z nabożnością wzięło broń, ułożyło ją w dłoni, po czym wymierzyło, celując w pień drzewa.

Osioł spłoszył się, szarpnął do tyłu i zarechotał.

— Maman! — Philippe pierwszy dostrzegł niebezpieczeństwo i zareagował odważnie. Wystąpił naprzód, osłaniając Céline, gdy z gęstszego zagajnika wyszedł nieznajomy.

Céline, której instynkt wyostrzyły lata życia w zagrożeniu, sięgnęła po broń. Jej dłoń trafiła w pustkę — pistolet był w ręku Pierre'a, bezużytecznie rozładowany.

Mężczyzna wyszedł spomiędzy drzew, z pistoletem podniesionym i gotowym. Wyszczerzył się, ukazując braki w uzębieniu. — Rzuć to, chłopcze — rzucił do Pierre'a, który zastygł, a ręce mu drżały. — I tak ci się nie przyda bez kuli, co nie?

Musiał ich obserwować już od jakiegoś czasu, skoro to wiedział. Céline zaklęła w duchu.

Pierre upuścił pistolet; głuchy łomot, z jakim spadł na ziemię, aż zadudnił w nagłej ciszy.

— Czego chcesz? — zapytał Matthew zaskakująco spokojnym głosem.

Uśmiech rabusia jeszcze się rozszerzył. — Wszystkiego, co

macie, przyjacielu. Wozu i osła. — Jego wzrok padł na Céline. — Kobiety. Trochę przy starawej, ale ładna. Chłopaków se zostawcie, nie w moim guście.

W głowie Céline aż zawyły kolejne przekleństwa.

— Porozmawiajmy o tym, przyjacielu — odezwał się Matthew, rozkładając dłonie w pokojowym geście. Odwaga, z jaką zachowywał spokój, naprawdę zrobiła na Céline wrażenie.

Zrobił dwa niespieszne kroki naprzód, celowo stając między rabusiem a Pierre'em, który pobladł i trząsł się cały. — Uwierz mi, nie chcesz włóczyć ze sobą wściekłej kobiety, a właśnie to cię czeka, jeśli rozdzielisz tę z jej dziećmi. Nigdy nie widziałeś wilczycy, jak walczy o szczenięta? Nie chcesz się z tym mierzyć.

Wzrok rabusia znów spoczął na Céline. Celowo uniosła górną wargę w odrazie i obnażyła zęby, licząc, że utrzyma jego uwagę na sobie, a nie na tym, że Matthew był już raptem o dwa kroki od niego. — I tak nie wygląda pan na takiego, co wie, co zrobić z kobietą! — warknęła bezceremonialnie, dostrzegając, że wcale nie był wiele starszy — może dwudziestokilkuletni. — Tchórz z ciebie, inaczej byłbyś w porządnym wojsku! Co, zdezerterowałeś? Za to rozstrzeliwują!

— Zamknę ci tę gębę! — warknął rabuś. Wtedy ruch Matthew przyciągnął jego wzrok i musiał zauważyć, jak blisko się znalazł.

Zamiast jednak odskoczyć, po prostu pociągnął za spust.

ROZDZIAŁ 6

Strzały

K rzyk Céline rozdarł powietrze, gdy pistolet huknął potwornym strzałem, a Matthew runął na ziemię. Rzuciła się do przodu, wrzeszcząc jak opętana. Rabuś cofnął się blady jak ściana, kiedy Philippe natarł na niego z gałęzią, którą musiał chwycić w zamieszaniu i chaosie.

Céline rzuciła się na ciało Matthew, lecz nie było czasu na żałobę, nie teraz. Szarpała jego kieszeń płaszcza i tak, tam był jego pistolet. Dlaczego go nie użył? Ona nie miała takich skrupułów. Wydarła broń i krzyknęła na całe gardło: — Philippe, padnij!

Nauczony natychmiast wykonywać jej rozkazy, Philippe rzucił się płasko na ziemię. Bez wahania Céline strzeliła w pierś ich niedoszłego rabusia, mordercę Matthew.

— Ała — odezwał się spod niej jakiś głos.

Co? Céline spojrzała w dół, osłupiała. Matthew... mówił?

Jego oczy błysnęły na nią.

— Gdzie jest Pan ranny? — wysapała, zsuwając się z niego i szukając krwi, już chwytając za spódnicę, by drzeć ją na bandaże.

Ku jej kompletnemu zdumieniu Matthew usiadł, pocierając klatkę piersiową.

Łzy ulgi zasnuły jej wzrok i szykowała się do kolejnego rozdarcia spódnicy. — Gdzie jest krew?

Matthew powoli nabrał powietrza, po czym znów potarł klatkę. Męcząco wolno, jak na Céline, odpiął płaszcz i marynarkę, z której wewnętrznej kieszeni coś wyciągnął.

Był to rulon monet, wgnieciony przez kulę. Pod nim koszula była nienaruszona, choć znów potarł klatkę. Z czasem zrobi się siniak, ale skóra nie była przerwana.

Céline pociągnęła nosem i użyła paska materiału jako chusteczki dla siebie zamiast bandaża dla niego, po czym wsunęła go do kieszeni. — Może się Pan podnieść?

— Oczywiście — odparł Matthew.

Céline posłała w górę modlitwę dziękczynną, że on żyje i poza tym jest cały, a jej dzielni chłopcy są bezpieczni.

— Dobry strzał, Maman — pochwalił Philippe, idąc uścisnąć brata, podczas gdy Pierre wciąż wyglądał na śmiertelnie wystraszonego. — Prosto w serce.

Matthew przesunął się do bezwładnego ciała napastnika i wyjął pistolet z martwych palców. — Przykro mi, że musicie to oglądać — powiedział, po czym przeszukał kieszenie mężczyzny w poszukiwaniu czegokolwiek wartościowego. — Odwróćcie wzrok, jeśli musicie.

Céline nie zamierzała odwracać wzroku. — Słodki, łagodny Matthew, przypomnę Panu, że Francja jest w stanie wojny. To nie pierwszy raz, kiedy musiałam bronić swojej rodziny, choć modlę się, by był ostatni. Philippe, pomóż mi zdjąć mu buty. Szkoda, żeby się zmarnowały.

Philippe ochoczo zabrał się do zadania i wkrótce zdjęli z niego wszystko, co użyteczne. Philippe swoje buty podał Pierre'owi, a na własne stopy włożył parę nieboszczyka.

Pierre powiedział: — Te są o wiele lepsze, dziękuję, Philippe. Maman, czy mam zostawić moje przy drodze, na wypadek, gdyby komuś się przydały?

— To piękna myśl, kochany chłopcze, ale zatrzymaj je. Może kiedyś sprzedamy je za parę monet. Połóż je na wozie.

Matthew wpatrzył się w mrok i coś dostrzegł. — Czuję dym. Widzisz to? — wskazał w ciemność pod drzewami.

Céline podążyła za jego gestem. Czy wzrok płatał jej figle, czy to był najdelikatniejszy pomarańczowy poblask? — Coś tam jest, ale dobrze ukryte.

— Pójdę zobaczyć.

Céline chwyciła go za ramię. — Ostrożnie!

Już myślała, że go straciła; nie zniosłaby, gdyby to naprawdę się stało.

Pokrlepał ją po dłoni i powiedział: — Mam teraz dwa nabite pistolety. Jeśli Pani cokolwiek usłyszy, proszę zostać dokładnie tam, gdzie Pani jest, proszę za mną nie iść.

— Ale...

— Wrócę, obiecuję — powiedział.

Czekanie w zapadającym mroku rozdzierało Céline na kawałki. Musiała trzymać chłopców w bezpieczeństwie, a jednocześnie nie mogła znieść myśli, że coś spotka Matthew, bo... o rety. Nabierała do niego słabości. Zaczęła na nim polegać. Podziwiała, jak potrafi być tak wyrozumiały i cierpliwy wobec chłopców.

Po cichu znów zaklęła, gromiąc się za to, że pozwala wyobraźni ponosić. Byli w niebezpieczeństwie, od wielu lat, a ten człowiek, z którym łączyły ją już więzy rodzinne, pojawił się w samą porę i zaoferował bezpieczeństwo.

To, co czuła, było głęboką wdzięcznością, nie miłością.

Po krótkiej chwili zaszmeranie liści ją zaalarmowało. Z mroku wyłonił się Matthew i powiedział: — Jest jeszcze lepiej, niż myślałem. Dziś ucztujemy!

Tak, czuła właśnie ogromną wdzięczność, gdy Matthew poprowadził ich zarośniętą, wyboistą ścieżką ku lichuśkiemu schronieniu. Ogień rzeczywiście tlił się sprytnie ukryty, choć prawie wygasł.

Nie, nie będą go rozdmuchiwać — tylko przyciągnęłoby to kolejnych zdesperowanych ludzi.

Ważniejszy od ciepła ognia był gar z gulaszem — kolacja w środku. Był tylko jeden kubek i jedna miska, zapewne należące do ich napastnika. Pito na zmianę wywar z miski i kubka, palcami wsuwając do ust większe kawałki. To musiał być królik, powtarzała sobie Céline. Były tam kawałki cebuli i jakieś inne warzywa, jakie udało się obcemu znaleźć. Może korzenie mniszka i kto wie co jeszcze, na co wskazywały od czasu do czasu drobiny piasku zgrzytające między zębami.

To było miejsce równie dobre jak każde, by spędzić noc. Schronienie miało niskie fragmenty dachu, pod którymi mogli pozostać suchymi. Wkrótce chłopcy spali skuleni.

Nieopodal osioł skubał kępki trawy, a Céline spoglądała w nocne niebo. Było tak ciemno; nie pomagało to, że otaczały ich drzewa, a ciężkie chmury zasłaniały księżyc, choć na szczęście zapowiadany deszcz nie spadł. Matthew dorzucił kilka gałęzi do ognia, by go podtrzymać, po czym podszedł do niej.

— Czy u Pani wszystko w porządku? — zapytał.

Céline wzruszyła ramionami. — Właściwie nic nie jest w porządku, ale trzymam się.

— To paskudna sprawa.

Céline zdezorientowanie pokręciła głową. — Cieszę się, że do niego strzeliłam, jeśli o to się Pan martwi.

— Wszystko działo się tak szybko, że nie zobaczyłem, kto to zrobił. Pomyślałem, że może Philippe...

Gdyby była w stanie, roześmiałaby się. — Drogi Matthew, tak zatroskany o moje delikatne nerwy. On strzelał kiepsko, ja nie. I miał Pan rację, ostrzegł go Pan, że jestem wilczycą chroniącą swoje szczenięta. Wybrał atak i dostał, na co zasłużył.

Matthew odchrząknął i wymamrotał pod nosem coś o wojnie, która pcha ludzi do desperacji.

— W każdym razie, co zrobimy z ciałem? — Céline nie miała

ochoty wracać do wydarzeń dnia. Im szybciej rano znów ruszą w drogę, tym lepiej, ale nie uważała za szczególnie mądre ani dobre zostawić ciało tam, gdzie padło. Po kilku dniach zwabiłoby padlinożerców, a nawet zdesperowany złodziej nie zasługiwał na coś takiego.

— Nie mam ani sił, ani narzędzi, by wykopać grób, choćby płytki — odparł znużony Matthew. — Rano znajdziemy jakieś miejsce, żeby je ukryć. Proszę się położyć... ja wezmę pierwszą wartę.

O świcie Matthew i Céline przenieśli ciało mężczyzny do naturalnego zagłębienia w ziemi i zaczęli przykrywać je pobliskimi kamieniami. Kiedy kamieni zaczęło brakować, zebrali gałęzie i okryli go nimi.

Gdy tylko chłopcy się obudzili, wrócili z osłem i wozem na drogę i ruszyli dalej na południe, do La Rochelle.

Choć Céline nienawidziła myśli o opuszczeniu Francji, wsadzi chłopców na pierwszy statek, jaki tylko opuści jej rozbite ojczyzny.

Posłała ku niebu modlitwę z nadzieją, że pewnego dnia będzie mogła wrócić, gdy jej kraj przestanie sam siebie rozszarpywać.

* * *

Liczba zdesperowanych ludzi na drogach wciąż rosła. Wszyscy po tej stronie Francji zdawali się zmierzać w tym samym kierunku — do portu, by wsiąść na statek.

Ulice La Rochelle kipiały zarówno od tego, co w ludziach najlepsze, jak i najgorsze, wszystko stłoczone razem.

Za dnia Céline i chłopcy trzymali się dobrze ukryci w opuszczonym magazynie niedaleko doków. Matthew każdego dnia wyruszał z nadzieją, że zdoła zdobyć miejsca na rejs. Trzy dni z rzędu wracał przygnębiony i z pustymi rękami.

Czwartego dnia wrócił już po kilku godzinach, z twarzą rozświetloną szczęściem.

47

— Musimy zostawić tu osła i wóz i wziąć tylko to, co uniesiemy. Udało mi się załatwić nam miejsca, ale musimy iść teraz.

W gorączce ekscytacji zebrali swoje rzeczy. Philippe i Matthew chwycili kufer z dwóch stron i nieśli go razem, podczas gdy Céline targała wypchany po brzegi dywanowy worek, a Pierre miał na sobie tyle ubrań, ile zdołał włożyć. Wyglądał jak kiepsko zrobiona kukiełka, ale i tak uśmiechał się do nich szeroko.

Nabrzeże było już w zasięgu wzroku, gdy rozległ się przenikliwy gwizd.

— Stać! — rozległ się rozkazujący męski głos.

— Non! — krzyknął za nią Philippe.

Inny mężczyzna wrzasnął: — Poddajcie się albo strzelamy! A tak przy okazji — ładne buty.

Céline odwróciła się i ujrzała, jak jej najgorsze koszmary stają się ciałem.

Stał naprzeciw nich istny oddział wojska, a oni dopadali Philippe'a!

ROZDZIAŁ 7

Pobór!

— Nie walcz. — Matthew chwycił Céline za ramię, gdy ruszyła do przodu. — Nic to nie da.

Widział, że każdy instynkt krzyczał w niej, by pobiec do syna, nawrzeszczeć na żołnierzy i kazać im odczepić od niego łapy, ale nic by to nie dało i Céline, po kilku napiętych chwilach, sztywno skinęła głową. Nie spuściła wzroku z Philippe'a, gdy był odciągany, a on oglądał się na nich z czystą paniką na twarzy.

Tak się spieszyli do łodzi, że nie starali się nie rzucać w oczy. Matthew chciał zawołać do Céline, żeby się nie martwiła, że wszystko będzie dobrze, ale nie mógł złożyć takiej obietnicy. Przez moment rozważał, by iść dalej, wsadzić Céline i Pierre'a na statek, a samemu zostać i szukać Philippe'a. Sekundę później odrzucił ten pomysł. Céline nigdy nie opuści Philippe'a.

— Podnieś drugi koniec skrzyni — powiedział cicho Matthew. — Musimy wrócić do magazynu, ukryć się i obmyślić plan.

— Jaki plan? — W głosie Céline brzmiała czysta rozpacz i on jej się nie dziwił, ale nie zamierzał jeszcze tracić nadziei. Żołnierzom chodziło o zaciągnięcie Philippe'a, nie o uwięzienie go. Jeśli chłopak będzie miał dość rozumu, by grać na zwłokę — a miał —

może mu się uda wymknąć w odpowiednim momencie. — O co im chodziło z tymi jego butami?

Matthew wzruszył ramionami i powiedział: — Nie wiem. Pewnie komuś wpadły w oko. — Na myśl, że przez pomyłkę ubrali biednego chłopaka w buty oficera, ścisnęło go w środku z poczucia winy. Mógł sobie pluć w brodę za taki błąd.

Pierre biegł między nimi, blady jak ściana, gdy wracali do magazynu — nie mieli dokąd indziej pójść.

— A statek? — zapytała Céline, gdy wreszcie zamknęli za sobą chwiejne drzwi.

— Nie zaczeka. — Matthew nie winił kapitana. Przynajmniej nie zapłacił z góry za ich przeprawę i wciąż miał resztę pieniędzy. — Znajdziemy inny sposób.

— Co teraz zrobimy? — spytał Pierre drżącym głosem. — Nie możemy zostawić Philippe'a...

— Nie zostawimy Philippe'a — powiedział Matthew, starając się brzmieć spokojnie i pewnie dla dobra chłopca, choć serce waliło mu jak młot. — Potrzebuję, żebyś został tu z mamą, Pierre, i jej pilnował; zrobisz to dla mnie? Może przygotuj coś do jedzenia.

Matthew zdjął płaszcz i przypomniał Céline o rzeczach wszytych w podszewkę.

Żadne z nich nie spytało, dokąd idzie, gdy uchylił drzwi i wymknął się na zewnątrz. Nie mógł nawet obiecać, że wróci, bo jedno było pewne: wróci z Philippe'em albo wcale.

Jeśli dopisze mu szczęście, łańcuchy i sztabki wszyte w koszulę wystarczą, by przekupić odpowiednich ludzi i odzyskać Philippe'a.

Po kilku godzinach dotarł do koszar na północnych obrzeżach miasta. Wokół obozowało mnóstwo grup młodych mężczyzn. Nie był to garnizon, więc przynajmniej nie było murów do sforsowania. Ale patrolujących teren uzbrojonych ludzi było zdecydowanie zbyt wielu, by mógł wejść między nich i zacząć wołać Philippe'a po imieniu.

Zapytał jednak żołnierzy na patrolu, czy mógłby porozmawiać

z dowódcą batalionu, uznając, że najlepiej udawać chętnego do zaciągu.

— Proszę iść do domu, staruszku — powiedzieli.

— Nie jestem aż tak stary! — zaprotestował. — Proszę pozwolić mi wstąpić ponownie!

Wzruszyli ramionami, ale zaprowadzili go do namiotu oficerskiego, gdzie przerwali rozgrywkę w karty.

Matthew uznał, że najłatwiej będzie przekupić oficera, któremu najmniej zostało. — Przyszedłem zaciągnąć się z synem, Philippe'em. Zabraliście go, więc możecie wziąć i mnie.

— Mamy tu tuziny Philippe'ów — odezwał się inny oficer.

Oficer z najmniejszą pulą właśnie przegrał tę rundę, a inny zgarnął wygraną. Zdegustowany pechem, rzucił karty na stół, odsunął krzesło i spojrzał na Matthew.

— Przynajmniej pozwólcie mi się z nim pożegnać.

Przegrany oficer podszedł do Matthew i powiedział: — Proszę ze mną. — Gdy znaleźli się poza zasięgiem cudzych uszu, mężczyzna rzekł: — Był pan tam, przy nabrzeżu, kiedy go... *zwerbowaliśmy*, tego Philippe'a.

Matthew wychwycił zmianę tonu. Czas był odsłonić pierwszy łapczyk. Wyjął monetę, podał ją mężczyźnie i powiedział: — To musiał być jakiś inny chłopak. Mój zgłosił się sam, jak prawdziwy syn Francji — choć aż go to uwierało.

Oficer wsunął monetę do kieszeni i uniósł brew.

— Jest bardzo młody. — Matthew wręczył oficerowi kolejną monetę, którą tamten przyjął. — Za młody, by wstąpić uczciwie. Chciałbym zobaczyć go jeszcze raz, życzyć mu powodzenia, temu głupiemu młokosowi.

Oficer znów wyciągnął dłoń, a Matthew odłożył na nią dwie następne monety.

— Proszę czekać tutaj — powiedział mężczyzna.

Matthew wydał niemal wszystko, co miał przy sobie, by uwolnić Philippe'a, ale gdy już to się udało, pognali z powrotem tam, gdzie ukrywali się Céline i Pierre.

— Załadujcie wózek z osłem, a ty, Philippe, możesz się jeszcze schować w skrzyni.

Céline mocno objęła syna, mówiąc półgłosem: — Dziękuję ci, Matthew, dziękuję — wyszeptała z żarem.

— Musimy wyjść natychmiast — powiedział, ledwie podnosząc głos ponad szept.

Nawet osioł jakby rozumiał powagę sytuacji — prawie nie wydawał dźwięków, gdy wymknęli się z magazynu i skierowali na południową drogę.

Kilka godzin później, gdy La Rochelle zostało za nimi, Pierre zapytał: — Kierujemy się do Bordeaux?

— Będziemy musieli dalej na południe, obawiam się. Nie odpoczniemy, dopóki nie znajdziemy się po drugiej stronie hiszpańskiej granicy.

— Hiszpania! — Céline przystanęła i wbiła w niego wzrok. — To musi być więcej niż dwieście mil stąd!

— Nie mamy wyboru — powiedział łagodnie Matthew. — Wątpię, by teraz było gdziekolwiek bezpiecznie we Francji, i może tak być jeszcze przez wiele miesięcy. Wszyscy próbują uciekać; żadne statki nie zawiną już do portu w obawie przed przejęciem. Jedyna droga do bezpieczeństwa wiedzie przez granicę z Hiszpanią i do jakiegoś brytyjskiego garnizonu po tamtej stronie.

A i wtedy będą bezpieczni dopiero, gdy Napoleon zostanie pokonany raz na zawsze i, najlepiej, zakopany gdzieś w głębokiej, ciemnej dziurze — choć tego na głos nie powiedział.

Céline wydęła policzki, wpatrując się w niego, ale widział, jak rozważa wszystko w myślach i dochodzi do tego samego wniosku.

— Długa droga — stwierdziła w końcu. — I niewiele zapasów. — Spojrzała na to, co mieli na wózku z osłem. Jedzenia ubywało.

— Damy radę, mamo — powiedział twardo Philippe. —

Będziemy stawiać sidła na króliki, gdy odpoczniemy, może złapiemy też jakąś kaczkę, a są i grzyby.

Brzmiał pewnie, ale nie był głupi i Matthew widział, że Philippe robi dobrą minę do złej gry ze względu na Pierre'a. Wszyscy już byli zbyt wychudzeni, a długie mile między La Rochelle a granicą hiszpańską będą wymagały mnóstwa sił i wysiłku.

Dobrze będzie, jeśli średnio zrobią dziesięć mil dziennie, a on raczej sądził, że do granicy jest znacznie więcej, niż zgadła Céline — zwłaszcza że nie mogli iść najprostszymi trasami. Prawie całą drogę będą musieli odbywać nocą, a za dnia się kryć, żeby nie wpaść na kolejnych werbowników. Same przeprawy przez rzeki będą skrajnie niebezpieczne, a między nimi a Hiszpanią było ich niemało.

Jeśli dopisze im szczęście, dotrą do Hiszpanii w miesiąc — tak przynajmniej szacował Matthew.

Nie było jednak innej drogi, więc zdobył się na uśmiech i położył dłoń na ramieniu Pierre'a. — Czy nauczyłem cię już jakichś piosenek po angielsku? Śpiewanie w danym języku świetnie wyrabia akcent.

Im dalej na południe, tym robiło się cieplej. Omijali miasta i miasteczka, zaglądając do wiosek tylko w absolutnej desperacji. Céline upierała się, że publicznie mają pokazywać się tylko ona i Pierre, co Matthew'owi bardzo się nie podobało, ale miała rację. Widzieli niejedną grupę mężczyzn maszerujących drogą z siwobrodymi chłopami, których najwyraźniej wcielono siłą, więc wiek Matthew nie dawał mu żadnej taryfy ulgowej. On i Philippe musieli pozostawać w ukryciu, aż ich skręcało, że to bardziej bezbronni członkowie ich małej gromady musieli chodzić w nieznane.

Za każdym razem jednak Céline i Pierre wracali z jakąś drobną ilością wszystkiego, co dało się zdobyć. Tymczasem Matthew i Philippe wyszukiwali, co tylko można było znaleźć: grzyby, dzikie cebule i czosnek, a czasem kaczkę lub gęś, jeśli udało im się zakraść i zaskoczyć ptaka przy sadzawce. Nie jadali dobrze, ale wystarczało, by przetrwać długą, powolną wędrówkę na południe.

Przeżyli chwilę grozy, przeprawiając się przez Dordogne na płytkiej barce: oddział werbowników przybył akurat, gdy odbijali od północnego brzegu, i rozkazał przewoźnikowi zawrócić.

— Jeśli pan zawróci, strzelę panu w głowę — rzuciła Céline do przewoźnika, który spojrzał na nią z przerażeniem.

— Nie zamierzam zawracać, proszę pani. Pewnie wezmą i mnie, tak samo jak pani syna. Niech sobie znajdą inny sposób, żeby przeprawić się przez rzekę; ta łódź nie wróci na północny brzeg przez wiele dni, zapewniam panią!

Dni stawały się dłuższe, choć nigdy nie bywało jasno tak długo, jak Matthew pamiętał z angielskiego środka lata, a teren robił się coraz bardziej surowy, im bliżej Pirenejów. Liczył, że nie będzie musiał ich przekraczać, planując odbić z powrotem ku wybrzeżu, gdy miną Bayonne, ostatnie duże miasto przed granicą. Od wielu dni teren robił się coraz bardziej pofałdowany, co męczyło wszystkich nieustannymi podejściami i zejściami.

— Jak długo jeszcze, myślisz, zanim dotrzemy do Hiszpanii? — zapytał pewnego wieczoru Pierre, gdy zwijali prowizoryczny obóz i szykowali się do kolejnej nocy marszu.

— Niezbyt długo. — Nie mieli porządnych map, ale za każdym razem, gdy Céline ryzykowała wejście do wioski, wypytywała, dokąd prowadzą drogi i jak daleko do kolejnych miejscowości, a on naszkicował coś, co wydawało mu się w przybliżeniu poprawne. — Gdy przeprawimy się przez Adour — oby jutro — obejdziemy Bayonne od południa, a stamtąd to może dwadzieścia mil do granicy i kolejne dziesięć do San Sebastián. — Tam rozpaczliwie liczył znaleźć statek. Miasto spalono doszczętnie po oblężeniu zaledwie dwa lata wcześniej, ale port był zbyt strategicznie ważny, by go porzucono.

— A jeśli w San Sebastián nie będzie statku? — spytała Céline, jakby czytając mu w myślach.

— To pójdziemy dalej, do Bilbao — odparł twardo. — Znajdziemy statek. Obiecuję.

ROZDZIAŁ 8

Odmowa na granicy

Koniec lipca 1815 roku

— Co pan ma na myśli, mówiąc, że nie mogą przejść? — Matthew wpatrywał się z niedowierzaniem w hiszpańskiego urzędnika granicznego, który wzruszył przepraszająco ramionami. Matthew słabo znał hiszpański, ale na szczęście strażnik świetnie mówił po francusku.

— Bardzo mi przykro, proszę pana. Pańskie dokumenty są oczywiście w porządku; obywatele brytyjscy mogą swobodnie wjeżdżać do Hiszpanii. Ale pańscy towarzysze są Francuzami i nie wolno im przejść. — Mężczyzna oddał plik papierów i znów wzruszył ramionami. — Nic nie mogę poradzić.

Nie zaszedł tak daleko, żeby teraz polec. — Czy jest ktoś jeszcze, z kim mógłbym porozmawiać? — zapytał.

Hiszpan skrzywił się, ale skinął głową. — Stacjonuje tu oddział żołnierzy brytyjskich. Jeśli pan chce, mogę sprowadzić jednego z ich oficerów, żeby z panem porozmawiał. — Nie dodał, że jeśli brytyjski oficer rozkaże wpuścić Céline i jej synów do Hiszpanii, tak właśnie będzie, ale Matthew wychwycił aluzję i w duchu zaklął. Ten człowiek nie wyglądał na podatnego na łapówki, ale liczył, że jego przełożony będzie. Jeśli jednak miał to być oficer brytyjski, wydawało się to mało prawdopodobne.

Mniej więcej godzinę później zjawił się niski, pękaty mężczyzna o twarzy czerwonej jak jego czerwony mundur. — Baxter — powiedział, zerkając na papiery Matthew. — Z Hatfield? Daleko pan się zapuścił od domu, proszę pana.

— Nawet pan sobie nie wyobraża — odparł znużony Matthew. — Podróż była straszna, a teraz słyszę, że moi towarzysze nie mogą przekroczyć granicy, bo są Francuzami.

— Niestety to prawda. — Oficer spojrzał na zmęczoną twarz Matthew i jakby użalił się nad nim. — Proszę usiąść ze mną na chwilę. Wino jest zaskakująco dobre. Cornell, tak przy okazji. Major Cornell.

Matthew poszedł z majorem do małego, obskurnego biura i usiadł przy sfatygowanym stole. Cornell nalał wina do dwóch cynowych kubków i stuknął jednym w jego stronę.

— No dobrze. Proszę mi opowiedzieć o pańskich towarzyszach i dlaczego zależy panu tak, żeby trzech Francuzików było bezpiecznych.

— Moja żona była Francuzką — przyznał Matthew. — Z arystokratycznej rodziny; większość jej bliskich zginęła w czasie Rewolucji, ale jej kuzynka, Céline, ocalała. To z Céline i jej dwoma małymi synami podróżuję.

— Hm. — Cornell upił łyk wina. — Powiedział pan, że pańska żona *była* Francuzką?

— Odeszła pięć lat temu.

— Czyli jest pan wdowcem?

— Tak. — Matthew kompletnie nie rozumiał, do czego zmierza ta linia pytań.

— A ten mąż Céline, żyje?

— Nie...

— Oczywiście nie ode mnie pan to usłyszał. — Cornell uśmiechnął się krzywo, ale zaskakująco życzliwie. — Ale Anglik podróżujący z żoną i synami... nikt nie patrzy im w papiery. Tylko jemu.

W piersi Matthew zapłonęła nadzieja. — Czyli jeśli twierdziłbym, że ona jest moją żoną...

— Niestety musiałby pan to udowodnić.

Pomyślał chwilę, upijając wina, które — jak mówił Cornell — było zaskakująco dobre. — Czy przypadkiem przy tym oddziale nie ma kapelana?

— A właśnie, że jest. — Cornell uśmiechnął się ponownie. — Uczynny jegomość. Chętnie wystawia licencje żołnierzom chcącym poślubić miejscowe dziewczyny i tym podobne.

— Czy mógłbym prosić o przedstawienie?

— Z przyjemnością. Ale najpierw, proszę pana, kilka pytań. Gdzie dokładnie był pan we Francji i jak długo?

Matthew mrugnął, lekko zaskoczony, po czym zrozumiał, że majorowi chodzi o ewentualne informacje przydatne z wojskowego punktu widzenia. Podzielenie się wszystkim, co wiedział, było najmniejszym, co mógł zrobić, biorąc pod uwagę, jak pomocny był Cornell. Odchylił się więc na niewygodnym krześle, popijał wino i zaczął mówić, a oficer robił notatki.

Matthew żałował, że nie ma więcej do przekazania, ale od tygodni prawie z nikim nie miał kontaktu poza Céline i jej synami. Mógł powiedzieć Cornellowi niewiele poza tym, że niemal każdy oddział żołnierzy i werbowników, jakich mijał od chwili wyjazdu z Tours, zdawał się składać przysięgę innemu stronnictwu.

— Nic dziwnego, w tych okolicznościach — stwierdził Cornell, dopijając wino. — Mimo to, skoro Napoleon znów jest w niewoli, sytuacja powinna się uspokoić i, miejmy nadzieję, wszyscy ci biedni poborowi wrócą do domu.

— Zaraz... *co*? — Oczy Matthew wyszły mu z orbit ze zdumienia. — Napoleona znowu pojmano?

— Nie słyszał pan! — Cornell wpatrywał się w niego. — Dobry Boże, myślałem... tak, człowieku! Ponad miesiąc temu stoczono ogromną bitwę, w miejscu, które nazywają Waterloo — gdzieś w Belgii. Francuzi zostali doszczętnie zmiażdżeni między armiami Wielkiego Sojuszu, a najnowsze wieści mówią, że Napoleona pojmano w Rochefort, gdy próbował uciec do Stanów Zjednoczonych. Marynarka wzięła go pod straż i transportuje do Plymouth; Bóg raczy wiedzieć, co z nim teraz zrobią, ale pewne jest, że już nigdy nie pozwolą mu postawić stopy na ziemi francuskiej.

Matthew nie mógł w to uwierzyć. Siedział, gapiąc się na majora. — Może więc nie muszę wywozić Céline i jej synów — powiedział powoli.

— Na pańskim miejscu, Baxter, zabrałbym ich do Anglii pierwszym statkiem, jaki pana zechce zabrać — odparł bez ogródek Cornell. — We Francji panuje zamęt i będzie tak co najmniej przez kilka miesięcy, a któż zagwarantuje, że ktoś nie zdoła pozbierać resztek armii tego przeklętego Korsykanina i znów zacząć mieszać?

Miał rację i Matthew to wiedział. Skinął głową, dopił wino, uścisnął dłoń Cornellowi, dziękując mu za pomoc.

— Jeszcze mi pan nie dziękuje. Musi pan jeszcze przekonać tę kobietę, żeby za pana wyszła. — Cornell znów się uśmiechnął. — Chodźmy znaleźć kapelana, żeby przynajmniej ten jeden płotek mieć za sobą. Chodźmy. Merrick to porządny człowiek.

To było właściwe, bo zapewniłoby Céline i chłopcom bezpieczeństwo.

A jednak czuł, że to w pewien sposób nie w porządku, bo była kuzynką jego zmarłej żony.

Właściwe, bo czuł do niej coś więcej niż powinowactwo, więc przed Bogiem nie byłaby to całkiem pusta przysięga.

A jednak niewłaściwe, bo Michelle odeszła zaledwie pięć lat temu i wszystko wydawało się takie pośpieszne.

Właściwe, bo chłopcy byli tacy bystrzy i zaradni, a przeszli już tyle, że zasługiwali na szansę na zwyczajne życie, zamiast skończyć jako miazga na polu bitwy.

Sumienie Matthew miotało się w tę i we w tę, gdy zbliżał się do Céline. Chłopcy musieli to usłyszeć, choćby miało być niezręcznie.

Ucisk w żołądku mówił mu, że to nie będzie łatwa rozmowa.

— Céline, Philippe, Pierre... znalazłem sposób, żebyśmy przeszli, ale wam się nie spodoba — zaczął.

Troje umorusanych, zmartwionych oblicz zwróciło się ku niemu.

Ścisnęło mu gardło; odchrząknął, ale nic to nie dało.

— Mnie przepuszczą, bo jestem Anglikiem. Was nie przepuszczą, bo jesteście Francuzami.

Philippe zmarszczył brwi. — Masz iść naprzód i sprowadzić dla nas łódź?

Matthew natychmiast pokręcił głową. — To zajęłoby zbyt długo i nie zostawię was. Dlatego postanowiłem, że cała nasza czwórka będzie Anglikami.

Odezwał się Pierre: — To znaczy, że nie powinniśmy już mówić po francusku?

Prawie do tego dochodził, gdyby tylko przestali mu na chwilę przerywać. — Chłopcy, to sprawa najwyższej wagi, żebyście mówili po angielsku tak często, jak się da. W sercu możecie być Francuzami, ile dusza zapragnie, ale na razie wszyscy jesteśmy angielscy jak filiżanka herbaty. — I dzięki Bogu, że przez ostatnie tygodnie marszu mądrze wykorzystał czas, ucząc ich języka i akcentu, żeby brzmieli jak rodzimi użytkownicy!

Teraz kolej na Céline, by uniosła brew. — Czyżbyś zdołał zdobyć nam papiery, które to potwierdzą?

Pot spłynął mu po karku. — Jeszcze nie, ale mogę, jeśli będziecie ze mną współpracować. To jedyna droga naprzód i najrychlejsza. Za dzień, dwa moglibyśmy być bezpieczni w Hiszpanii.

Cała trójka patrzyła na niego wyczekująco, oczekując rozwiązania tego bagna.

— Chłopcy, muszę poprosić was o zgodę, by poślubić waszą matkę.

Obaj przełknęli ślinę, ale nic nie powiedzieli, więc ciągnął dalej, a niezręczność wiązała mu język w supły i sprawiała, że plątał się w słowach. — Céline, znalazłem kapelana wojskowego, który zgodzi się nas pobrać. Strasznie mi przykro tak cię tym zaskakiwać, ale będziesz też musiała udawać, że nie jesteś katoliczką.

— Zostaniesz naszym nowym ojcem? — zapytał Pierre.

— Ech, tak, chyba tak będzie. Nie mam doświadczenia w wychowywaniu chłopców. W żadnym razie nie próbuję wymazywać ani zastępować waszego prawdziwego ojca i przepraszam, że stawiam was przed faktem dokonanym, bo gdyby było łatwiej, wybrałbym inną drogę.

Philippe podrapał się w głowę i pociągnął nosem. — Jeśli to nas doprowadzi do Anglii, nie mam nic przeciwko.

Rozsądny chłopak!

Ale powiedział to po francusku i z tym trzeba będzie skończyć. Był niemal pewien, że brytyjski kapelan wojskowy okaże się człowiekiem skłonnym pójść na rękę, ale ich kraje były w stanie wojny, albo dopiero co... nie powiedział im jeszcze najnowszych wieści. Mniejsza o to — jeśli będą mówić w innym języku, na pewno sytuacji to nie pomoże.

— Od tej pory musimy mówić po angielsku cały czas. To wszystko usprawni.

— Dobrze, że były te lekcje — powiedział Philippe. — Wierzę, że dam radę.

Céline wciąż milczała, a do nosa Matthew doleciała woń desperacji spod własnych pach.

— To jedyny sposób — dodał.

— Muszę wyrzec się mojego kraju i mojego języka — odezwała się wreszcie, po angielsku. — I udawać, że nie jestem katoliczką.

— To wielkie wyrzeczenie, wiem, ale potrwa tylko przez jakiś czas.

Westchnęła ciężko. — To w samą porę, że nie jestem katoliczką, więc nie będę musiała wyrzekać się wiary.

Zawładnęło nim zdumienie. — Nie jesteś?

— Zrezygnowałam z tego dawno temu. Mój mąż był hugenotem i przeszłam na jego wiarę. Dzieci też by były, gdyby wojna nie przerwała naszych regularnych nabożeństw.

— No to dzięki Bogu! — powiedział Matthew, mając nadzieję, że to odrobinę rozładuje napięcie.

— Drogi Matthew — rzekła Céline, sięgając po jego dłoń. — Martwisz się nie tym, co trzeba. Właśnie poprosiłeś mnie o rękę. To poważna sprawa. Jesteś pewien?

Napięcie w piersi utrudniało mu oddychanie.

Naprawdę poprosił ją o rękę.

A ona jeszcze mu nie odpowiedziała!

• • •

Matthew wyglądał blado, niedobrze i spocony. Céline widziała, jak bardzo jest skrępowany, jak mu niewygodnie; z pewnością myślał o Michelle, najdroższej Michelle, którą — to było aż nadto oczywiste — kochał całym sercem. Propozycja małżeństwa z Céline musiała mu się wydawać okropną zdradą pamięci żony.

— Jesteś pewien? — zapytała łagodnie.

Zaskoczyło ją, gdy od razu skinął głową.

— Tak — powiedział, a choć głos mu zadrżał, wyraz twarzy miał stanowczy. — Jestem całkiem pewien, a pastor Merrick zgadza się udzielić nam ślubu jutro z rana. Gdy tylko będzie po wszystkim i dostaniemy świadectwo do rąk, major Cornell wystawi mi pismo poświadczające, że jesteś moją żoną, a chłopcy moimi synami, i to wystarczy, byśmy przeszli granicę i dostali miejsca na najbliższym statku do Anglii z San Sebastián.

62

Chłopcy patrzyli na nią wyczekująco, nawet z zapałem. Nie mogła sobie wymarzyć lepszego ojca dla nich ani lepszego męża dla siebie, a jednak drążyły ją wyrzuty.

— Maman? — odezwał się niepewnie Pierre, gdy cisza nieprzyjemnie się przeciągała.

— Oczywiście, że za ciebie wyjdę — powiedziała. Czemu w ogóle się wahała? Ze względu na synów tak naprawdę nie miała wyboru. Ale uświadomiła sobie też, że jej serce tego pragnie.

— To dla mnie zaszczyt, Matthew. Dziękuję.

Twarz Pierre'a rozjaśniła się radością i pobiegł rzucić się Matthew na szyję. — Mój nowy Papa! — zawołał, a w jego głosie było tyle szczęścia, że Céline natychmiast postanowiła porzucić resztki wahań. Philippe także wyglądał na bardzo zadowolonego i podszedł uścisnąć Matthew dłoń.

Po francuskiej stronie granicy była maleńka wieś, właściwie tylko osada, z niewielką gospodą. Mieli jeden wolny pokój, który Matthew wynajął na noc, uparcie twierdząc, że Céline powinna przynajmniej porządnie się wyspać i móc się dobrze umyć, zanim zostanie jego żoną.

Wybór Céline na drugi ślub ograniczał się do tego, która z jej dwóch sukien wygląda na mniej sfatygowaną. Po tylu tygodniach wędrówki przez trudny teren, dzień w dzień, niewiele je różniło. Przynajmniej była czysta — pokojówka z karczmy wniosła kilka wiader gorącej wody po czymś, co Céline podejrzewała, że było sowitym napiwkiem od Matthew. Służąca pożyczyła jej nawet grzebień i pomogła rozczesać skołtunione włosy, gdy Céline zmyła z nich kurz nagromadzony przez tygodnie w drodze.

— Proszę dobrze spać, madame — powiedziała służąca, w końcu zamykając drzwi, a Céline położyła się na pierwszym od dawna łóżku i wpatrywała się w sufit w blasku migoczącej świecy.

Czy ja dobrze robię? — zastanawiała się, ale znów stanowczo powiedziała sobie, że nie ma wyboru. Choć Matthew przekazał wieść o klęsce Napoleona, nic nie gwarantowało bezpieczeństwa we Francji w najbliższej przyszłości, a Céline była, szczerze mówiąc, wyczerpana. Zbyt wiele lat żyła w strachu. Obietnica spokoju, bezpieczeństwa dla niej i jej synów kusiła zbyt mocno.

No i był jeszcze sam Matthew — cały w tej swojej stałości, sile i dobroci. Czy kiedykolwiek poznała lepszego mężczyznę? Nie sądziła.

— Skoro mam być jego żoną, będę najlepszą żoną, jaką tylko potrafię — powiedziała do siebie, gdy świeca dogasała. — Nie będę o nic prosić, a dam z siebie wszystko.

To było najmniej, co mogła zrobić.

ROZDZIAŁ 9

Skromny ślub

Ślub był najprostszy ze wszystkich, w jakich Céline kiedykolwiek brała udział; krótki obrzęd odprawił kapelan armii brytyjskiej, a świadkami było dwóch umundurowanych oficerów. Matthew otrzepał płaszcz i umył się, a mimo gęstego zarostu Céline uznała, że wygląda bardzo przystojnie, kiedy weszła do maleńkiego przedniego pokoju zajazdu. Jej chłopcy też wyglądali na czystych — albo przynajmniej względnie — a uśmiechy na ich twarzach w zupełności wystarczały, by przymknęła oko na wszelkie braki w pompie i ceremoniale.

Wszystko skończyło się bez fanfar: kapelan uścisnął dłoń Matthew i wręczył mu zaświadczenie, a oficer, major Cornell, dorzucił do tego najważniejszy list przepustowy. Céline otrzymała gratulacje od wszystkich trzech wojskowych, po czym odprowadzili ją i Matthew do biura granicznego i stali z nimi, gdy hiszpański urzędnik graniczny obejrzał dokumenty i wystawił przepustkę podróżną dla „Baxterów", by mogli przekroczyć granicę Hiszpanii.

To było aż tak proste. Major Cornell otworzył bramę i z galanterią gestem zaprosił ją do przejścia, a Céline zeszła z francuskiej ziemi po raz pierwszy w życiu.

Myślała, że w tej doniosłej chwili poczuje żal, lecz przytłaczające okazało się raczej uczucie ulgi. Stojąc w słońcu, które jeszcze przed chwilą było francuskie, a teraz już hiszpańskie, wyciągnęła ręce, by objąć każdym ramieniem jednego z synów — przeszli przez bramę razem z Matthew, prowadząc osiołka i wózek ze swoim całym dobytkiem.

— Bezpiecznie — powiedziała. — Jesteśmy wreszcie bezpieczni.

Żaden z nich nie stracił ani chwili na oglądanie się za siebie, zauważyła. Zamiast tego Philippe spojrzał na majora Cornella i zapytał, po angielsku — już niemal bez akcentu — jak daleko jest do San Sebastián.

— Piętnaście mil, mniej więcej — odparł major z błyskiem w oku — ale nie zajmie wam to długo. Uniósł rękę i z miejsca postoju za biurem granicznym ruszył ku nim mały powóz zaprzężony w parę zdrowo wyglądających koni. — Tak się składa, że dziś muszę zjechać do San Sebastián na spotkanie z przełożonymi. Pomyślałem, że równie dobrze możecie pojechać ze mną.

Gest był tak życzliwy, że łzy zamgliły Céline widok. — Dziękuję — zdołała wychrypieć, gdy Matthew i Philippe zdjęli skrzynię z wózka i dźwignęli na dach powozu.

— Nie może być tak, żeby nowożeńcy musieli odbywać tak długi spacer w dniu ślubu — powiedział Cornell z szerokim uśmiechem, galanteryjnie podając jej rękę, by pomóc jej wsiąść. — Chłopcy jadą na górę z woźnicą?

I Pierre, i Philippe byli tym zachwyceni, a po chwili Matthew usiadł obok niej, Cornell naprzeciwko, i potoczyli się szosą, zostawiając Francję daleko za sobą.

<hr>

Po miesiącach ciągłej czujności Céline wciąż nie umiała się rozluźnić. Byli już bezpieczni poza Francją, ale wciąż musieli znaleźć statek i popłynąć do Anglii. Mężczyzna siedzący obok niej z uśmiechem na twarzy był teraz jej mężem. Ze wszystkich zmian i przewrotów, jakie przyniosły ostatnie lata, to mogło się okazać najtrudniejszą do oswojenia.

W San Sebastián byli niespełna dwie godziny później. Powóz wysadził ich przed zajazdem, a Matthew wynajął im pokoje, podczas gdy Cornell uprzejmie wypytał o najbliższy rejs. Najprostsza trasa prowadziła barką zaopatrzeniową do Plymouth, a stamtąd mieli popłynąć kolejnym statkiem do Portsmouth. Mieli na czym wypłynąć i kilka dni na dojście do siebie po trudach, zanim statek odbije.

To jeszcze nie był koniec, w żadnym razie, ale po raz pierwszy od miesięcy Céline mogła opuścić ramiona i po prostu być.

Nawet proste jedzenie serwowane w zajeździe smakowało jak uczta po tak długim czasie zdawania się na to, co zdołali zebrać albo wytargować. Po trzech dniach jedzenia do syta policzki chłopców zaczęły szybko tracić wychudły, półgłodny wyraz, który tak łamał Céline serce.

Chłopcy wspaniale odnaleźli się w nowej wolności i bezpieczeństwie, eksplorując miasteczko, gdy cała czwórka wybrała się późnym popołudniem na spacer po targu. — Nie oddalajcie się za daleko — powiedział Matthew.

Céline sięgnęła po dłoń Matthew dla otuchy. On odpowiedział delikatnym uściskiem — dokładnie tym, czego potrzebowała. — To bystre chłopaki.

Bez słów oboje spojrzeli na swoje splecione dłonie, a potem na siebie. Powinna puścić? Jego ręka pasowała do jej dłoni, i na tym postanowiła poprzestać.

W odpowiedzi uśmiechnął się nieśmiało, wyraz, którego jeszcze u niego nie widziała. Uśmiech okazał się zaraźliwy i ona też się uśmiechnęła. Dziwne, mięśnie aż zaskrzypiały od nieznanego wysiłku.

— Dziękuję ci za wszystko — powiedziała, wiedząc, że to nie oddaje nawet części jej długu wobec niego.

Pokręcił łagodnie głową. — Przykro mi, że musieliśmy się pobrać, ale to był najszybszy sposób.

Serce jej odrobinę przyklapło na tę myśl. Żałował? — Nie musisz.

— To było narzucenie się — ciągnął. — Nie dałem ci czasu, by to przemyśleć.

— Jesteśmy bezpieczni, prawda? — Céline spojrzała przed siebie i dostrzegła sylwetki chłopców kawałek dalej. Znaleźli ulicznego kota i bawili się z nim. Ciepło wypełniło ją na widok tak prostej radości.

— Tak, jesteśmy bezpieczni — przyznał Matthew, lecz jego głos zabrzmiał posępnie. — Gdyby było inne wyjście, powinienem był na nie wpaść. Oczywiście nigdy nie będę wysuwał wobec ciebie mężowskich roszczeń...

Śmiech wyrwał się na wolność i Céline zakryła usta dłonią, co przyniosło pożądany skutek — zatrzymało go. Gdy się uspokoiła, rzuciła mu wyzwanie: — A co jeśli to ja będę miała wobec ciebie żonine wymagania, mężu?

Został z rozdziawionymi ustami.

— Mów mi jeszcze takie piękne słowa, a znów się roześmieję. Jesteś dobrym człowiekiem, Matthew, ale nie jesteś mnichem.

— Co?

— Człowiek, który nauczył moich chłopców całkiem nowego języka, a teraz brakuje ci słów?

Mrugnął kilka razy i dokładnie ją tym potwierdził.

— Co więc zrobimy, hmm? Sięgnęła po jego dłonie. Obydwie miały ślady i skazy, choć jej zaczynały już wyglądać lepiej. Kupiła kaktus, który handlarz nazwał sabila. Żel z wnętrza liści już przywracał im odrobinę witalności.

Jej mąż spojrzał na nią i naprawdę się zaczerwienił.

— Jesteś dżentelmenem — powiedziała — tak uważnym na moje uczucia i sytuację, ale też... odrobinę przytępawym.

— Hej! — zaprotestował.

Roześmiała się. — Mówiłeś mi kiedyś, że masz głowę do książek i tytułów, ale nic innego nie chce ci się tam na półkach utrzymać.

Usta wygięły mu się w dół na to wspomnienie, ale zaraz się zebrał. — Nie chciałem wywierać na tobie presji. Jesteś odważną, niezależną, mądrą kobietą, wychowujesz dwóch niezwykłych chłopców, a ja wlazłem ci w drogę.

Céline westchnęła głębiej, niż powinna, ale czas udawania i ostrożności minął. — Spędziliśmy ostatnie miesiące... trwając. Tak, po prostu trwając. Wierzę, że teraz możemy przejść do życia.

— Mówiłem, że jesteś mądra.

— Dziękuję za komplement. Ale jak się okazuje, w sprawach serca mądra nie jestem. Darzę cię ogromnym szacunkiem, Matthew. Nie dziwi mnie, że sam do tego nie doszedłeś — ja sama nie chciałam się do tego przyznać nawet przed sobą.

— Naprawdę? — Jego promienny uśmiech zdradził cień jego własnych uczuć.

Wciąż trzymali się za ręce, co dodało jej odwagi, by mówić dalej.

Z lżejszym sercem powiedziała: — Tyle razy bałam się o ciebie. Tego dnia w drodze do La Rochelle, gdy tamten... cóż, tamten człowiek cię postrzelił. Myślałam, że nie żyjesz, a strach, że już nigdy cię nie zobaczę, złamał mi serce. Wmawiałam sobie, że tylko wyobrażam sobie, iż jestem w tobie zakochana, i kłamałam przed sobą, że to tylko podziw dla twojej odwagi i honoru.

— przerwał.

— A ja uważam, że jesteś — odparła bez wahania.

Pokręcił stanowczo głową. — Gdybym był odważny, wyznałbym swoje uczucia o wiele wcześniej. Walczyłem sam ze sobą, żeby zachować się jak porządny dżentelmen, walczyłem z tymi uczuciami, które mnie przerastały. Miałem wyrzuty sumienia z powodu Michelle i z powodu twojego męża, ale...

— Michelle byłaby pierwsza, by powiedzieć ci, że żyjesz i wciąż jesteś mężczyzną — przerwała mu stanowczo. — A jeśli chodzi o Alaina, tak, zastanawiałam się, czy nie jestem nielojalna wobec jego pamięci, ale nie zamierzam wypierać się tego, co do ciebie czuję, Matthew. Życie jest zbyt krótkie — oboje dobrze o tym wiemy — by udawać, że nie zależy nam na sobie głęboko.

Stali tak, wpatrzeni w siebie z zachwytem i radością.

Céline odsunęła jedną dłoń od jego i sięgnęła do jego twarzy, muskając kciukiem jego policzek. — Tak się cieszę, że napisałam do ciebie o książkach, które trzeba było ratować. Patrząc wstecz, to ja potrzebowałam ratunku.

Jego rozpromieniony wyraz twarzy był jedyną odpowiedzią, jakiej potrzebowała, kiedy pochyliła się i musnęła jego usta pocałunkiem. Kilka zabłąkanych włosków zadrapało ją w skórę i zmarszczyła nos, odsuwając się. — Choć ten piracki wygląd ci służy, wolę mężczyznę gładko ogolonego.

Pocierając twarz na znak, że rozumie, co ma zrobić, cofnął się krok i skłonił. — Moja pani, wrócę niebawem.

Zdziwiona zapytała: — Dokąd się wybierasz?

— Do golibrody! — rzucił z przymrużeniem oka i popędził przed siebie, zostawiając ją śmiejącą się na ulicy.

— Co cię tak bawi, Maman? — zapytał Pierre, wracając do niej.

— Po prostu jestem szczęśliwa. Objęła go ramieniem, uświadamiając sobie, że urósł już od niej wyższy, bo musiała sięgnąć w górę. — I pamiętaj, kochanie, mów Mama, nie Maman. Musisz teraz być młodym Anglikiem.

— Myślisz, że powinienem być Peter zamiast Pierre? — zapytał poważnie. — A Philippe powinien być Philipem?

Zawahała się, niepewna. — Myślę, że to ty powinieneś zdecydować — powiedziała w końcu. — Jako kobieta, która musiała zmieniać imię kilka razy w życiu, uwierz mi, kiedy mówię, że to, jak cię nazywają, nie zmienia tego, kim jesteś. Nie musicie decydować od razu; może gdy pójdziesz do angielskiej szkoły, łatwiej będzie ci być Peterem Baxterem.

Pierre pokiwał głową, zadowolony z takiej odpowiedzi. Był jeszcze dość młody, by się łatwo przystosować — Céline sądziła, że w Anglii odnajdzie się bez trudu; Philippe może mieć z tym trochę więcej kłopotu, ale i on sobie poradzi, i oby już nigdy nie musiał się bać, że rekruterzy znów przyjdą i go zabiorą.

Pomyślała o klejnotach wszytych w spódnice i uśmiechnęła się. Gdy sprzeda je w Londynie, będą bogaci. Dość bogaci, by wynająć korepetytorów dla synów, dać im edukację, której im brakowało, i przygotować ich do przyszłości jako młodych dżentelmenów.

ROZDZIAŁ 10

W stronę domu

— Byłaś kiedyś na statku? — zapytał Matthew, gdy Céline z wahaniem zmierzyła wzrokiem wąską kładkę, którą najwyraźniej miała przejść.

— A kiedy niby miałabym być na statku? Przeprawa promem przez Loarę to był szczyt moich podróży — aż do niedawna.

Obaj jej synowie niemalże podskokami wbiegli po kładce i zniknęli na pokładzie; słyszał, jak Pierre z przejęciem zachwyca się to tym, to owym. Przyjmując jego wyciągniętą dłoń, ostrożnie weszła na kładkę, a potem z pewną niezgrabnością przeczołgała się przez reling.

— Musimy zdjąć trochę ciężaru z twoich spódnic — zaśmiał się Matthew.

— Kiedy będziemy naprawdę bezpieczni, w twojej księgarni w Hatfield.

— Jak sobie życzysz — zgodził się pogodnie, rozumiejąc, że chce trzymać klejnoty przy sobie aż do tego momentu, i objął ją ramieniem, by delikatnie odsunąć od marynarzy, którzy biegali, szarpiąc za liny. — Chodź, zaraz odbijamy. Znajdźmy miejsce, gdzie nie będziemy im wchodzić w drogę, i popatrzmy.

Gdy żagle powoli napełniały się wiatrem, a statek zaczynał

odsuwać się od nabrzeża, Matthew poczuł, jak wielki ciężar schodzi mu z ramion.

Nie byli jeszcze w domu. Jeszcze nie bezpieczni. Ale na pokładzie okrętu Królewskiej Marynarki Wojennej, z Anglią jako kolejnym celem, koniec podróży był tak blisko, że niemal czuł go na języku.

Chłopcy dopytywali midszypmenów, czy mogliby zarzucić za burtę żyłkę i złowić coś na kolację.

Céline patrzyła na wschód, na znikające za rufą wybrzeże. W stronę Francji, jak przypuszczał.

— Żałujesz? — zapytał cicho.

— Ani trochę. — Uśmiech wygiął jej usta i oparła się o niego mocniej, unosząc twarz, by spotkać jego spojrzenie. — Po prostu żegnam swoje dawne życie, tak myślę, ale wszystko, co dla mnie cenne, jest na tym statku.

Pocałował ją w czoło. — Pokochasz swój nowy dom — obiecał. — Choć myślę, że będę musiał kupić dom. Mieszkanie nad księgarnią jest wprawdzie przestronne, ale gdy dojdą trzy osoby, możemy zacząć wchodzić sobie na głowę. Chyba że, zanim wrócimy, moje dziewczęta wszystkie wyjdą za mąż i się wyprowadzą!

Matthew parsknął śmiechem na absurd tej myśli. Choć wszystkie cztery jego córki były w wieku na zamążpójście, żadna nie okazywała dotąd najmniejszego zainteresowania zalotnikami. Przypuszczał, że przyjdzie na to pora; może Céline zechce potem zająć się swataniem.

Ich podróże i trudy miały się wkrótce skończyć. Głęboki, spełniony westchnienie wyrwało mu się z piersi, gdy spojrzał ku horyzontowi, wiedząc, że niebawem znów postawi stopy na angielskiej ziemi.

— Już nie mogę się doczekać, kiedy w Hatfield odpocznę z tymi książkami. Sprawię sobie wygodę, kupię fotel-uszak i będę siedział przy kominku, czytając do woli.

— Chciałabym siedzieć obok ciebie, z nogami do góry.

— Och! — Matthew przełknął ślinę. — Nie masz uczulenia na koty, prawda?

Céline zmarszczyła brwi. — Nie wydaje mi się.

— Dzięki Bogu. Inaczej moglibyśmy mieć kłopoty.

Oboje roześmiali się z ulgą, po czym Matthew dodał: — Kiedy wrócimy do Hatfield, wszystkie nasze kłopoty się skończą.

Catherine i Ebony mają nadzieję, że z przyjemnością śledziliście przygody Matthew we Francji. Przerzućcie stronę, by przeczytać prolog drugiego tomu serii *Księgarniane Piękności, Gorący Wielbiciel Estelle.*

Gorący Wielbiciel Estelle

ROZDZIAŁ 1

Baxter's Fine Books, Hatfield, England,
Koniec czerwca 1814 roku

Estelle Baxter, najstarsza i zdecydowanie najrozsądniejsza z czterech córek Baxterów prowadzących Baxter's Fine Books w Hatfield, Hertfordshire, przybiła do podstawy słupa poręczy kawał szorstkiej jutowej płachty. Potem rozgniotła w dłoniach świeże łodygi kocimiętki i natarła nimi powierzchnię, barwiąc tkaninę na brunatnozielono.

Z wysokości księgarni zsunął się na miękkie pyknięcie czarny cień. Crafty, rodzinny kot, zeszła z góry i natychmiast przysunęła policzek do odnowionej zabawki, mrucząc z zadowoleniem. Gdy przetoczyła się na grzbiet, na jej czarnym futerku ukazał się biały pukiel w kształcie serca. Potem uczepiła się juty przednimi pazurami i zaczęła ją okopywać tylnymi łapami, jakby opętały ją duchy przodków polujących na grubą zwierzynę.

— Dobra dziewczynka, Crafty, drapiemy słupek, nie książki.

Nagrodziła w większości już udomowioną kotkę delikatnym pyknięciem w łebek, po czym umyła ręce i zabrała się do porannych zajęć, zanim reszta sióstr dołączy do niej po śniadaniu.

Estelle lubiła poranny spokój, kiedy mogła coś zdziałać, zanim nadejdą klienci.

Przez ściany księgarni przesączały się dźwięki koni i ludzi przechodzących High Street. Ruchliwy hotel i zajazd pocztowy tuż obok zapewniały stały potok hałasu, dniem i nocą. Gdy z Londynu przyjeżdżała dyliżansowa poczta, Baxter's Books stanowiła miłą odskocznię dla podróżnych na czas wymiany koni. Była to dla nich okazja, by rozprostować skurczone nogi po godzinach siedzenia w powozie.

Wnętrze księgarni było naturalnie ciemne, bo parterowe okna już dawno zastawiono regałami. Ogromne półki rozwiązywały dwa typowo księgarskie problemy: tworzyły dodatkową przestrzeń na zbiory, a zarazem chroniły cenne i rzadkie księgi przed niszczącym działaniem słońca.

Czyniło to jednak widoczność nader marną. Dlatego kolejnym porannym zadaniem Estelle było zapalanie lamp za ochronnymi szklanymi kloszami, by klienci mogli odnaleźć się wśród półek. I Estelle również. Tej widoczności bardzo by jej się przydało, gdy minęła ladę i nadepnęła na coś mokrego i chrupkiego, co ześlizgnęło się spod jej ciężaru.

— Crafty! — zawołała, próbując dojrzeć, w co wlazła. Kuśtykając na jednej nodze, podeszła do wejścia, odsunęła zasuwę i otworzyła drzwi. Powitalny dzwonek zabrzęczał. Słońce ujawniło odrażającą prawdę: na spodzie pantofla miała wytrzewione resztki ćwierci myszy.

— Och, Crafty, no nie rób tego — powiedziała z rozpaczą.

Zerknęła w górę i w dół ulicy. Przed Red Lionem krzątali się ludzie, czekając na następny dyliżans. Między Baxter's Fine Books a Red Lionem był przejazd na tyły, do stajni. Na szczęście tuż przy schodkach najbliższych drzwi stał skrobak do butów. Estelle podkuśtykała i zeskrobała resztki myszy z podeszwy, krzywiąc się z obrzydzeniem.

Ledwie skończyła czyścić pantofel, zajechał dyliżans z Londynu, obładowany na dachu najrozmaitszymi kuframi i pudłami, a w środku napchany pasażerami.

Migiem wróciła do księgarni i odchyliła na bok małą zasłonkę w okienku drzwi. Wpuściło to snop światła, który rozjaśnił podłogę, lecz nie padał na żadne książki.

Światło ukazało ślad mysich szczątków prowadzący za ladę. Estelle westchnęła i sięgnęła po ścierkę oraz szufelkę na popiół spod lady, trzymane tam na taką właśnie regularną okoliczność.

Gdy już uprzątnęła bałagan, Estelle zanotowała w myślach, by odtąd codziennie pierwszą rzeczą było sprawdzenie za ladą. Crafty była znakomitą łowczynią, lecz ostatnio wyrobiła sobie niegodne kociej damy nawyki.

Choć Crafty — pełne imię Wollstonecraft — przysparzała kłopotów, w księgarni naprawdę potrzebny był dobry koci myśliwy. Zanim się pojawiła, próbowali odpędzać myszy pękami lawendy i rozmarynu. Pachniało cudownie, ale wygłodniałe gryzonie i tak niszczyły co tydzień kilka książek. Crafty podjęła swoją wyznaczoną rolę z zapałem i szkody w księgozbiorze odeszły w niepamięć.

Dzwonek nad drzwiami zabrzęczał. Wszedł wysoki mężczyzna w zawadiackiej pelerynie podróżnej, zdejmując cylinder już na progu. Światło zaiskrzyło na jego złotych lokach, jakby ogłaszało zstąpienie cherubina.

W zaawansowanym wieku dwudziestu pięciu lat Estelle może i dawno zrezygnowała z myśli o zamążpójściu, lecz nie znaczyło to, że nie potrafiła docenić okazałego okazu, gdy taki wchodził do rodzinnego sklepu. Omiotła dżentelmena spojrzeniem od doskonale skrojonego surduta po wypolerowane buty heskie. *Majętny*, pomyślała. Przecież nie mógł przyjechać dyliżansem? Mężczyzna tak ubrany miałby własny powóz albo doskonałego wierzchowca.

— Dzień dobry — przywitała klienta.

Podskoczył ze strachu, po czym opanował się, odwrócił w stronę jej głosu i przycisnął dłoń do piersi. — Na niebiosa, tu pani jest! Nic tu nie widać, tak tu ciemno.

— To dla ochrony książek — odparła. Naprawdę powinna zapalić więcej lamp. Jej oczy już się przyzwyczaiły, lecz ktoś wchodzący z ulicy ewidentnie potrzebował więcej czasu.

— Rozumiem! Cóż, przed chwilą obok przybyła skrzynia z książkami; poproszono mnie, żebym się przysłużył i dał pani znać.

Estelle wyszła zza lady. — Dziękuję. Zaraz wrócę. W tym czasie proszę się rozejrzeć po sklepie.

— Chętnie pomogę — odparł, obdarzając ją zbyt czarującym uśmiechem.

Dziwne, ktoś tak ubrany nie wyglądał na typ, który para się dźwiganiem towaru to tu, to tam. *Wie, że jest przystojny* — pomyślała Estelle z przekąsem, gdy dżentelmen odłożył kapelusz na ladę. Zaczął też zdejmować rękawiczki, ukazując dłonie, które niewiele zaznały fizycznej pracy.

Mógł brzmieć pomocnie, ale Estelle uznała, że najpewniej będzie tylko zawadzał. — Może pan dopilnować, żeby Crafty nie wybiegła na ulicę i nie spłoszyła koni — powiedziała.

Skrzywił się z konsternacją. — Crafty to...?

— Kot. Znakomita łowczyni myszy, co jest niezbędne, by chronić książki. Niestety uważa, że konie to ogromne myszy, i próbuje je łapać.

— No proszę! — roześmiał się, a kąciki błękitnych oczu zmięły się od częstego śmiechu. Uśmiechnęła się z powrotem, nieco ujęta mimo swoich cynicznych myśli. Rzeczywiście wydawał się wesołym człowiekiem, a jeśli był tak bogaty, na jakiego wyglądał, mógłby kupić kilka książek.

— Na początku to było zabawne, ale szkoda mi koni. Zaraz wracam. — Ruszyła na podwórze zajazdu, gdzie dwóch tęgich mężczyzn właśnie ściągało drewnianą skrzynię z bagażnika.

— Dzień dobry, panno Baxter — odezwał się pan Thomas. Był siłą roboczą właściciela Red Lionu i miał wprawę w dźwiganiu ciężkich kufrów i pak.

— Dzień dobry, panie Thomasie. To wygląda na wyjątkowo ciężkie — zauważyła.

Odburknął: — Bo jest pełna książek.

— Moglibyśmy trochę wyjąć, żeby odciążyć...

Skrzynia stoczyła się z powozu i walnęła o ziemię, rozpadając się w drzazgi.

— ...ładunek — dokończyła Estelle z bolesnym grymasem.

Co za bałagan! Głęboko westchnąwszy, podeszła, by zdjąć książki z wierzchu stosu, uważając, by nie zaczepić skóry o drzazgi. Miała cichą nadzieję, że żadne nie ucierpiały zbytnio. W końcu nazywali się *Baxter's Fine Books*, nie *Baxter's Uszkodzone i Poryso-wane Książki*.

Hałas ściągnął gapiów, którzy tłumnie podeszli zobaczyć, co się dzieje.

— Przepraszam za to, panno Baxter! — zawołał pan Thomas z góry.

Zszedł i zaproponował pomoc w zbieraniu rozgardiaszu. Używał czystej siły, a niektóre tomy wyglądały na stare. I delikatne.

— Ułożę je panu na rękach, jeśli pan pozwoli; będę mogła je od razu sortować — powiedziała Estelle, uznając, że lepiej, by pan Thomas nie brał ich w nie do końca czyste dłonie. Potulnie wycią-gnął przedramiona i ostrożnie ułożyła na nich kilka tomów.

Z księgarni wyszedł złotowłosy dżentelmen, najwyraźniej przy-wołany hukiem rozpadającej się skrzyni, i rzekł: — Halo, czy ktoś ucierpiał?

— Wszystko w porządku — odkrzyknęła Estelle.

— Mogę pomóc? — zapytał ponownie.

Może nie wyglądał na bardzo silnego, ale z pewnością zdołałby podnieść parę książek i wnieść je do środka. — Dziękuję —

zgodziła się Estelle, skinąwszy panu Thomasowi, by zaniósł swoje naręcza do środka.

Podała dobrze ubranemu mężczyźnie dwa opasłe tomy. W dziennym świetle dostrzegła jego skórę muśniętą słońcem i oszałamiające błękitne oczy. O dobry Boże, mógłby przyprawić kobietę o omdlenie! Miał ten rodzaj świetlistej cery, jaki zyskuje się w cieplejszym klimacie. Gdy chwycił książki, wydał z siebie najlżejsze stęknięcie. Potem otworzył jedną i oczy rozszerzyły mu się ze zdumienia. — Cudownie! Szukałem tego od wieków!

Z pięcioma księgami ułożonymi w ramionach Estelle zerknęła, nad czym tak się rozpływał.

Psiakrew. Wystarczyło rzut oka na kartę tytułową, by westchnęła ciężko. — Ogromnie mi przykro, ten egzemplarz jest na specjalne zamówienie, czekaliśmy na niego miesiącami; już dawno został zarezerwowany. Jak to możliwe, że trudno nam sprzedać całe mnóstwo tytułów, a gdy tylko przychodzi jeden konkretny, dwie osoby go chcą?

— Ale muszę go mieć — powiedział.

— Porozmawiamy, gdy wniesiemy resztę książek — wymigała się, nie mając najmniejszego zamiaru sprzedać mu akurat tego tomu. To kolejna rzecz, którą zaczynała o nim zakładać — jeśli ma pieniądze, zapewne przywykł dostawać to, czego chce.

Cóż, ta książka była już obiecana — i to fakt.

Estelle zerknęła na słońce i zapragnęła jak najszybciej wnieść księgi do środka. Przynajmniej deszcz nie wisiał na razie na horyzoncie. Niebawem wszystkie tomy spoczywały bezpiecznie w środku, ułożone w stosy na ladzie.

Jej siostry zeszły ze schodów i od razu zabrały się do pracy. Marie otworzyła rejestr, by zapisać każdy tytuł i cenę. Louise starannie sprawdzała oprawy, które wymagały naprawy, a Bernadette wkładała do bawełnianych kopert bukieciki chryzantem i siekaną skórkę z cytryny, by zwalczyć nieproszonych gości, jak rybiki i mole. Estelle zachwycała się, jak zgodnie współdziałały we cztery. Powiedziały ojcu, że wszystko będzie pod kontrolą podczas jego nieobecności, i dotrzymały słowa.

Tymczasem ich elegancki klient rozgościł się na krześle przy drzwiach, korzystając ze światła z okna. Był pochłonięty książką, którą pragnął, a której mieć nie mógł.

— Jeśli obieca pan obchodzić się z nią wyjątkowo ostrożnie, może pan czytać ją tutaj w sklepie — zaproponowała Estelle w ramach kompromisu. Traktował ją ostrożnie, co cieszyło oko.

Mężczyzna pokręcił głową. — Niestety, to nie dla mnie, lecz na prezent dla kogoś.

Było jej go żal, lecz sytuacja nie zależała od niej. — Raz jeszcze, ogromnie mi przykro, ale ta książka jest już obiecana i opłacona prze...

— Zapłacę podwójnie. Nie — potrójnie!

Estelle posłała w górę krótką modlitwę o niewpadanie w pokusę, a potem cierpliwie wyjaśniła mu sytuację jeszcze raz. — Po prostu nie mogę. To jeden z naszych najstarszych i najcenniejszych klientów.

— Proszę mi powiedzieć jego nazwisko, przemówię mu do rozsądku.

Brzmiało to dość złowieszczo! I fatalnie dla interesu, gdyby rozdawali obcym dane osobowe. — Nie, proszę pana, nie mogę. Nalegam, by oddał pan książkę.

Jak podejrzewała, wyraźnie był przyzwyczajony do stawiania na swoim; wysunął uparcie szczękę. Licząc, że okaże się rozsądny, Estelle wyciągnęła dłoń po zwrot tomu.

— No dobrze — jęknął i oddał.

Nie wypuścił jej jednak od razu.

Estelle spojrzała na mężczyznę, na jego wykwintne ubranie, słomkowe loki i rękawiczki tak nowe, że gładkie jak jedwab. Nie był przyzwyczajony, by mu odmawiano. Wcale.

— Dziękuję — powiedziała, gdy wreszcie pozwolił tomowi opuścić swoje dłonie. — Czy mogę zaproponować coś innego? Jak pan widzi, mamy szeroki wybór...

— Nie. Dziękuję. — Dżentelmen uprzejmie skinął głową, chwycił kapelusz i wyszedł, zostawiając Estelle wpatrzoną w jego plecy.

Oto odchodzi majętny potencjalny klient. Co za szkoda, że nie mogłam mu sprzedać tej książki!

⁂

Później tego dnia Estelle owinęła cenny tom, którego pragnął ów przystojny i bogaty nieznajomy, w ceratę, po czym wsunęła go do torby podróżnej. Louise, Bernadette i Marie nadal wykonywały swoje zadania, gdy żegnała się z nimi. Crafty czatowała przy drzwiach, by się wymknąć, ale zwinne ruchy stóp pozwoliły Estelle wyślizgnąć się, a kot został w środku.

Przy skrobaku do butów panoszyły się dwa wrony, traktując go jak bufet. Estelle przeszła przez przejazd do zajezdni, gdzie wynajęła konia na dzień.

Spokój wzywał, gdy wkrótce z pożyczonym koniem zostawiła za sobą zgiełk, gwar i zapachy Hatfield.

Wszystko zdawało się łatwiejsze tu, pośród pól, jakby zostawiała troski w miasteczku. Słońce słabo przezierało zza chmur. Jaskółki śmigały nad trawami, a nieopodal pasły się owce. Wiatr był chłodny, lecz jego świeżość dodawała jej sił.

Uczucie ściśnięcia pod żebrami naszło ją, gdy porównała jasność pleneru z cieniami księgarni. *Kocham księgarnię* — powiedziała sobie, jakby potrzebowała odrobiny dodatkowego przekonania. Książki były jej utrzymaniem i nie tylko jej przyszłością, lecz całej rodziny.

Ależ jednak cudownie było pooddychać świeżym powietrzem, jechać w damskim siodle z wiatrem we włosach. Nawet jeśli na pożyczonym koniu o imieniu Somerset Valley Four. Przynajmniej koń był spokojny i nie miał nic przeciwko dźwiganiu damy w damskim siodle. Miał dobre wyczucie równowagi, więc nie musiała przesadnie skupiać się na jeździe.

Podróżowanie i dostarczanie książek było najprzyjemniejszą częścią jej życia. Czasem szkoda było się z nimi rozstawać, ale ceny, jakie płacili kolekcjonerzy, były zbyt kuszące, by je odrzucać.

Mając czas, by myśleć i po prostu być, myślami powędrowała ku ojcu, który niedawno wyruszył na kontynent na łowy rzadkich książek. Tęskniła za nim, jak wszyscy, ale wiedziała, że przeżywa niesamowitą przygodę. Teraz, gdy Napoleon został bezpiecznie zesłany na Elbę, Anglik taki jak jej ojciec musiał cudownie spędzać czas we Francji. Mówił biegle po francusku, jak zresztą one wszystkie dzięki ich zmarłej matce, więc bez trudu się dogadywał. Skoro walki ustały, mógł swobodnie się poruszać. Sama myśl o spędzaniu dni na objeżdżaniu okolicy i kupowaniu książek napełniała Estelle tęsknotą. Gdyby tylko mogła pojechać z ojcem, jak to czyniła przy tylu jego lokalnych wyprawach! Matthew nie chciał jednak słyszeć o zabraniu jej do Francji, twierdząc, że to zbyt niebezpieczne. Niebezpieczne? Napoleon był zamknięty, znów było bezpiecznie.

Prawdziwy powód był taki, że potrzebował jej do opieki nad siostrami i księgarnią podczas swojej nieobecności, ale rozgrywał kartę zagrożenia do ostatka.

Kropla deszczu pacnęła ją w powiekę. Spojrzała w górę — chmury pociemniały złowrogo. Utrzyma się bez deszczu?

Kolejna kropla trafiła ją w policzek.

Zapachy letniego popołudnia znikły, gdy wiatr się ochłodził. Spędzając tyle czasu pod dachem, Estelle nie wyrobiła w sobie zdolności czytania pogody. Ojciec i Louise mieli do tego smykałkę, lecz ona i świętej pamięci matka nigdy.

Co by się przydało jakieś dziesięć minut wcześniej, kiedy ona i Somerset Valley Four mogli schronić się w stodole przy drodze.

Nie było sensu zawracać — ruszy naprzód i dotrze do klienta. Książka tkwiła w ceracie, więc nawet jeśli niebo się otworzy, skarb będzie bezpieczny.

Kilka chwil później niebo rzeczywiście się otworzyło.

W powietrzu szybko zapachniało błotem i wilgocią.

Pogoniła Somerset Valley Four do kłusa, a choćby i do truchtu, i koń ochoczo ruszył. W kilka mgnień jednak zwierzę mocno się potknęło. Szarpnęło, Estelle przechyliła się w siodle, chwytając się grzywy, by utrzymać równowagę. Jeszcze jeden powód, by wolała jechać okrakiem; jakże by chciała się odważyć! Ale choć nie spodziewała się wyjść za mąż, musiała zachować odrobinę ogłady w Hatfield ze względu na interes.

Koń się zatrzymał.

Deszcz jednak nie.

— Co się stało? — Estelle spróbowała ruszyć konia, lecz po dwóch krokach stało się jasne, że kuleje. Z westchnieniem niezadowolenia przerzuciła nogę przez łęk i zsunęła się na ziemię. Sprawdziła biedaczka, podnosząc mu lewą przednią nogę. Czy zgubił podkowę?

Deszcz już teraz siekł ich niemiłosiernie, tworząc na drodze błotniste kałuże. Oboje byli przemoczeni do suchej nitki.

— Daj, Kochanie, zobaczę kopyto — poprosiła, łagodnie klepiąc konia w nadpęcie.

Zwierzę posłuchało i okazało się, że podkowa jest cała, lecz między rant podkowy a wrażliwą strzałkę wcisnął się kamień wielkości orzecha włoskiego. Gładki, teraz śliski i mokry, opierał się próbom chwycenia go palcami i wyciągnięcia. Estelle skrzywiła się; przydałby się czyścik do kopyt albo choć scyzoryk. Szpilka do włosów tylko by się wygięła. Rozejrzała się i znalazła kilka krótkich patyczków; dwa pierwsze pękły, lecz trzeci okazał się dość mocny, by podważyć kamień i go wytrącić. Koń wypuścił przez chrapy miękki, ulżony pomruk.

— Dzielny chłopak. — Ulgę poczuła i Estelle, gdy odstawiła kopyto i wyprostowała się. — Dasz radę iść?

Somerset Valley Four ruszył na jej zachętę. Zerknęła na strzemię przy ramieniu i uświadomiła sobie, że będzie jej trudno wdrapać się z powrotem w damskie siodło. Rozglądnęła się z nadzieją za czymś, na co mogłaby stanąć, by ułatwić sobie dosiad. Niczego nie było. Może i lepiej będzie oszczędzić mu ciężaru na grzbiecie, skoro kopyto mogło być mocno poobijane po tamtym kamieniu. Choć nie kulał teraz, mogło być inaczej z nią na grzbiecie. Poza tym, przemoczona ważyła na pewno więcej niż w chwili wyjazdu.

Ujęła wodze i poszła obok. W końcu bardziej mokra już nie będzie.

Po godzinie coraz bardziej nasiąkniętego marszu ukazała się posiadłość lorda Ferndale'a. Ferndale Hall był urokliwą klasycystyczną rezydencją z kamienia, otoczoną zalesionym parkiem i polami pełnymi zadbanych owiec. Z dymu unoszącego się z wielu kominów Estelle wywnioskowała, że wkrótce będzie jej ciepło i sucho. Lord Ferndale, poza tym, że był solidnym klientem, płacącym na czas, był starym przyjacielem jej ojca i miał słabość do Estelle oraz jej sióstr. Jego służba pewnie zaopatrzy ją w suche ubranie i porządny powóz z koniem, by odwieźć ją do domu.

Gdy się zbliżyła, podszedł stajenny i zaproponował odprowadzenie konia do stajni.

— Dziękuję, i proszę spojrzeć na jego lewą przednią nogę. Wyjęłam kamień, ale kopyto może być obite.

— Tak jest, panno — odparł, głaszcząc konia po chrapach.

Sędziwy lokaj, pan Thorne, nie dał po sobie poznać, by cokolwiek było nie w porządku, gdy otworzył drzwi i ogarnął wzrokiem przemoknięty wygląd Estelle. Poprosił ją jednak, by chwilę zaczekała w holu, gdzie skapywała na parkiet.

Wrócił z suchymi prześcieradłami. Wkrótce zjawiła się też

panna Yates, starsza siostra lorda Ferndale'a, pełniąca funkcję pani domu w Ferndale Hall.

— Thorne mówił, że potrzebuje pani zmiany ubrania.

Panna Yates była tak kochana, że to zaproponowała. — Dziękuję, odeślę je wyprane.

Panna Yates uśmiechnęła się. — Phi, nie ma takiej potrzeby. Proszę ze mną, zaraz coś zaradzimy.

Estelle zawsze czuła się u Ferndale'ów jak wśród przyjaciół. Pomagał też fakt, że lord Ferndale był jednym z ich najlepszych klientów.

Panna Yates nigdy nie wyszła za mąż, lecz stała się w Hatfield nieoceniona — zasiadała w wielu damskich komitetach i czyniła mnóstwo dobra dla ubogich parafian. Mimo wielkiego majątku i tego, że była córką i siostrą barona, nigdy nie wywyższała się ani nie uważała za zbyt dobrą, by z kimkolwiek obcować. W opinii Estelle była prawdziwą damą, znacznie bardziej niż wiele osób posiadających rzeczywiste tytuły.

Estelle osuszyła się i włożyła jedną ze spódnic, które przyniosła pokojówka panny Yates. Był to starszy fason z długimi pasami płótna przewlekanymi przez oczka, dzięki czemu można ją było zwęzić lub poszerzyć zależnie od tego, czy dama "przybywa", czy nie. Żakiet do kompletu był podobnego kroju, z talią znacznie niższą niż dzisiejsza moda. Uszyto je z pięknego materiału i, co ważniejsze, były suche i wygodne.

Mogły powstać przed dekadami, zapewne w czasach, gdy panna Yates mogła się spodziewać zamążpójścia. Pachniały cedrem i długim przechowywaniem.

Wtem ją olśniło. — Panno Yates, to z pani wyprawy ślubnej! Nie mogę nosić tak wspaniałych rzeczy.

— Wolę, by były noszone, niż miały stać się obiadem moli! — odparła panna Yates.

Cóż, ujmując to tak. Estelle uśmiechnęła się, gładząc dłonią tkaninę spódnicy.

— Czy pani lub siostry potrzebujecie sukien na zabawę w assembli? — spytała panna Yates.

Pytanie na moment zastygło Estelle w bezruchu. Na chwilę zapomniała o przesileniu letnim w assembli, które miało się odbyć za kilka nocy. Wszyscy ważni w Hatfield mieli się stawić, a wielu innych pójdzie na podobne publiczne tańce dla robotników rolnych.

Dotąd Estelle zakładała, że wystarczy jedna ze starszych sukien. Nie zamierzali kupować nowej materii, dopóki ojciec nie wróci i nie spłaci ogromnej pożyczki, którą wziął na sfinansowanie wyprawy do Francji.

— Nie lubię się wyróżniać — wymówiła się.

— I tak coś prześlę. Panna Marie może zechce czegoś nowego. A właściwie starego. Są dość stare, ale możecie je przerobić, jeśli zajdzie potrzeba. Ostatnio porządkuję strychy; tyle rzeczy latami tam trzymano i nie chcę, by się zmarnowały! — Panna Yates uniosła dłonie, gdy Estelle zaczęła protestować. — Nie, nie przyjmuję sprzeciwu. Komu innemu miałabym je dać? Wie pani, że Arthur i ja mamy ledwie jaką rodzinę — tylko wnuka Arthura, który nie ma żony i najwyraźniej nie zamierza jej brać. Chciałabym, aby pani i siostry je miały.

Nie sposób było sprzeciwić się upartej starszej pani, której w oku błyszczał wręcz wojowniczy ogień. Estelle ustąpiła z wdziękiem i wdzięcznością. Cudownie byłoby mieć nową suknię, choćby trzeba ją było całkiem przerobić.

Kilka dodatkowych wsuwek, by okiełznać tresse, i Estelle wraz z panną Yates były gotowe, by udać się do salonu.

Lord Ferndale czekał na nie przy buzującym ogniu.

— Panno Baxter, moja droga — rozłożył ramiona, zapraszając do uścisku.

Rzeczywiście byli bardziej jak rodzina niż jak klienci — pomyślała Estelle, obejmując drogiego przyjaciela i całując go w pomarszczony policzek.

— Przynoszę dobre wieści, mam książkę, której Pan pragnął! — Rozpromieniła się, otwierając torbę i podając pakunek.

Lord Ferndale odwinął ceratę i westchnął, gdy ukazał się cenny wolumin. Szybko podszedł do okna, by lepiej mu się przyjrzeć, odkładając pustą osłonę na stolik. Przerażona widokiem mokrej ceraty tak beztrosko położonej na kosztownej różanej politurze, Estelle chyżo ją porwała i złożyła.

— Och, tak — rzekł lord Ferndale, otwierając okładkę i czytając kartę tytułową. — *The Collected Works of Philo Judæus*, i to jak wspaniale oprawione! O mój Boże — westchnął, przewracając kilka pierwszych kart i podziwiając kunsztownie kolorowane, ręcznie rysowane ilustracje. — Nie mogę uwierzyć, że trzymam to we własnych dłoniach.

— Ogromnie się cieszę, że to właśnie w pańskich dłoniach — odparła Estelle z uśmiechem, obserwując radość na twarzy sędziwego dżentelmena.

Jest coś magicznego w dopasowaniu klienta do księgi jego duszy. A tak stara dusza jak lord Ferndale potrzebowała ich niemało.

— Jest pani cudowna — rzekł, ostrożnie przewracając strony i przebiegając wzrokiem tekst. — Jakże udało się pani to zdobyć?

— Za to powinien Pan dziękować mojemu ojcu. Dziś rano nadeszła skrzynia z Francji i to właśnie w niej było. Przybyłam, jak tylko mogłam, wiedząc, że od dawna Pan o to zabiega.

— To trzeba uczcić, musi pani zostać na herbatę.

Lord Ferndale był niezwykle miły, a Estelle rzeczywiście ulegle kusiła ta propozycja, zwłaszcza wiedząc, jak dobrą kucharkę ma. — Powinnam wracać — odparła, myśląc, że *może* da się namówić na jedną filiżankę i może dwa ciasteczka. — Już i tak zawdzięczam państwu suche ubranie, a deszcz na pewno ustanie.

Jak na szyderstwo wobec jej słów, niebo pociemniało i znów lunęło.

Przez otwarte drzwi salonu przeszedł jakiś mężczyzna. Już niemal zniknął z pola widzenia, gdy się cofnął o krok.

Wpatrzył się w salon.

Prosto w Estelle.

— To pani? — powiedział.

Ogłada Estelle zawiodła. — O nie. Tylko nie pan!

Kliknij tutaj, aby kontynuować czytanie książki *Gorący Wielbiciel Estelle*.

О Autorkach

Catherine Bilson i Ebony Oaten od lat współpracują, tworząc wieloautorskie antologie romansów w stylu regencji, które trafiają na listy bestsellerów.

Na konferencji Romance Writers of Australia w Adelaide w 2024 roku były pochłonięte prowadzeniem Indie Book Store, kiedy wpadły na pomysł tej serii. Księgarnia miała odegrać dużą rolę — i tak przecież spełniały swoje marzenie, sprzedając książki czytelnikom.

Dlaczego więc nie osadzić historycznej serii w samej księgarni? Z siostrami, które każda z osobna odnajdują miłość w tętniącym życiem miasteczku. Natychmiast zaczęły burzę mózgów nad komplikacjami i problemami — a co, jeśli ich ojciec pognał do Francji po wygnaniu Napoleona na Elbę, żeby zdobyć rzadkie książki? Bohaterowie przecież nie mieli skąd wiedzieć, że Napoleon już po kilku miesiącach ucieknie i sprowadzi na Francję chaos!

Na tej samej konferencji Catherine zdobyła RUBY — nagrodę Romantic Book of the Year — za swoją nowelę *The Bride Said No*. Ta nowela, rzecz jasna, zaczynała jako część jednej z ich wspólnych antologii.

Ebony również wcześniej zdobyła Ruby — kilka lat temu, za

jedną ze swoich słodkich powieści romantycznych, *The Girl and The Ghost*.

Skoro połączyły siły w romansie, na pewno mogły wymyślić coś wspaniałego.

Możesz śledzić autorki, zaglądając na ich strony i zapisując się do newsletterów.

O CATHERINE:

— Dorastałam w XIV-wiecznym dworze w północnej Walii i większość młodości spędziłam, wymyślając historie o ludziach, którzy mogli w nim kiedyś mieszkać. Kilka lat później uciekłam i poślubiłam przystojnego Australijczyka, a teraz żyję z nim i naszymi dwoma synami w nieustannym słońcu Queensland.

— Piszę oryginalne romanse w epoce regencji, wariacje inspirowane Austen oraz romanse o pionierach w Ameryce. Tworzę też współczesne romanse i romantic suspense pod pseudonimem Caitlyn Lynch.

O EBONY:

Ebony pochodzi z Melbourne w Australii i pracowała jako dziennikarka w kilku lokalnych redakcjach w mieście. Potem spróbowała sił w pisaniu romansów i już nie oglądała się za siebie. Wyszła za Walijczyka, takiego swojskiego *boyo*, i wychowują syna w Melbourne, gdzie jednego dnia potrafi być nieznośnie gorąco, a następnego leje jak z cebra.

Księgarniane Piękności

Gorący Wielbiciel Estelle

Wesoły Dżentelmen Marii

Świąteczny Bohater Louise

Przystojny Doktor Bernadette

Chętna wdowa po Matthew

Również autorstwa Ebony Oaten

Więcej informacji o Ebony i jej książkach znajdziesz tutaj:

https://ebonyoaten.link/links-galore

www.ingramcontent.com/pod-product-compliance
Lightning Source LLC
Chambersburg PA
CBHW031320060726
47590CB00003B/1281